五行九宮

母親的料理時代

蔣勳

目錄

【自序】母親的料理是我最早五行的功課

「五行」，木、火、土、金、水，宇宙間的五種物質基礎元素。秦漢之間，開始建構龐大的五行哲學體系。

五行，是空間的方位，五行，也是時間秩序。

五行，是顏色的青、赤、黃、白、黑；五行，也是音律的宮、商、角、徵、羽。

五行是身體的肝、心、脾、胃、腎。五行也是朝代興亡、政權遞變消長的依據。

五行至今在華人的世界影響至深且廣。華人足跡所在，大概也就跟著五行終始。

嬰兒誕生，看五行命名，缺金，就取名「鑫」，缺火取名「炎」，缺水是「淼」，缺木則有「森」。

壽終正寢，墓葬風水堪輿，也莫不依循五行法則。

不到民間，很難體會五行學說，已經不是上層知識分子的哲學理論，更是廣大庶民百姓用來生活的日常法則。

讀過董仲舒《春秋繁露》，五行體系一環扣一環，嚴密繁複。

但是，我更喜歡在這本談母親料理的書裡，具體說明她的廚房與五行的息息相關。

母親的廚房，大灶用土磚砌造，大鐵鍋、大板刀是金屬，廚房燃料有木柴、木炭，這些「木」用來燃「火」，她的廚房裡也永遠儲備一缸清水。

木火土金水，在母親的料理時代，產生簡單而又微妙的互動平衡。

五行的有趣，不完全是漢儒董仲舒的哲學體系，與其掉書袋，不如走進庶民的廚房，看百姓如何在日常生活裡實踐五行的智慧。

母親料理時代的廚房是我最早五行的功課。大學時讀《春秋繁露》，不過只是在文字上印證。

至今，我仍喜愛走進庶民的廚房，看大灶柴火熊熊，鍋勺鏘鏘，大水沸沸，熱氣騰騰，陶甕陶碗公，土石厚重，大板刀切剁時砧板俐落響亮的聲音。

那是庶民的聲音，是日復一日踏實生活裡和木火土金水充滿活力的互動。

我總是回憶著母親料理時代廚房的氣味。

從甘蔗熬糖的氣味開始童年的夢想，慢慢懂得一點醋，在湯麵裡漫渙散開，在口頰兩側形成難以形容的滋味。酸，是青澀，是過了童年，甜的寵愛失落了，酸裡有不可言喻的少年初長成的孤獨。

我耽溺在母親廚房的氣味裡。閉起眼睛，用嗅覺認識她炒炸花椒的辛香，她在磨芥末時的辛辣，她在煎著一條赤鯮，小火，那空氣裡就瀰漫著魚的魂魄。

「九宮」，是我嘗試用九的多數象徵母親廚房多變而豐富的氣味。甜、酸、鹹、辣、苦，我們說的「五味」只是基礎。五味像是易經八卦，八個元素，卻可以配置轉變出複雜的六十四卦，還有更多爻象變卦的無限演繹。

母親廚房料理的氣味是我一生學習不完的人生功課，甜的寵愛幸福，酸的失落嫉妒，辣的叛逆，鹹像血像汗的勞累，苦，彷彿在喉嚨的深處，等待你最後細細品嘗，悲欣交集。

母親的料理時代，我回憶著她的泡菜罈，回憶著她的釀酒甕，回憶她悉心培養真菌發酵的腐乳，有一天有人跟我說：「民族不夠老，不懂得吃臭。」

我氣味的「九宮」是母親料理時代廚房記憶的網絡，甜酸只是初階，辛辣，辛苦，辛酸，我會更多懂一點「辛」的深刻意義嗎？

我還能回憶五味雜陳的複雜網絡系譜嗎？

在強烈的嗆辣過後，我還能回復到母親最後那一碗清粥的「淡」定從容嗎？

「淡」，似乎是一清如水，卻又如此如炎火燃燒。

記憶著母親料理時代的「五行」，記憶著母親料理時代的「九宮」，希望做氣味與人生的功課，嚮往甜，卻能靜靜包容人生的苦或臭。

有一天面對淡淡清粥，知道生命回頭看去，「也無風雨，也無晴」。《五行九宮》，是想向母親致敬，向那個戰亂過後，所有從廢墟裡整理起鍋碗瓢盆的母親致敬。

因為她們，我們敬重生命，知道在庶民百姓平安過日常生活的面前謙卑致意。

母親留下一張照片（左頁圖），她十六歲，斜躺在校園草地上，像做夢的文青。那張照片之後，戰爭爆發，她從此就在離亂中東奔西逃，能夠安定下來，為孩子做一餐飯，就是她最大的幸福與滿足吧。

二〇二三年三月　春分　懷念母親

《五行九宮》，是想向母親致敬，向那個戰亂過後，

所有從廢墟裡整理起鍋碗瓢盆的母親致敬。

因為她們，我們敬重生命，

知道在庶民百姓平安過日常生活的面前謙卑致意。

母親留下一張十六歲的照片，當時她就讀於西安的師範學校，
斜躺在校園草地上，像文青。

馬齒莧是母親常摘的野菜，
同安鄰居叫作「豬母奶」，
母親叫作「寶釧菜」。
她說：「王寶釧苦守寒窯十八年，
就靠吃這野菜活下來。」
在東部餐廳看到有馬齒莧，頗為驚訝，
也為了懷念母親，就常常去吃。
我最早食物的記憶
是母親給我的應該感謝的功課。

韭菜花是母親常用的食材。（下）

馬齒莧，母親叫作「寶釧菜」。（左）

五行的料理，強調的是當地當季。
是我的身體渴望與土地對話，
渴望與季節對話。
吃當地當季的食物
也就是知道身體和自然的對話，
「自然」是土地，也是季節。

阿里山栗子。（右）
池上枇杷。（下）

從小跟著母親在市場兜轉，
菜市場裡的攤販，
也許是母親帶領我做的最早庶民的功課。
他們叫賣青菜，
跟來來往往的人客打招呼問好，
這麼忙碌，但是從不敷衍，
每個走過的人，都像是親人。

花蓮富里陳媽媽手做梅乾菜。（下）
台東富岡特選餐廳的手摘灰藋野菜。（左）張登昌攝影

調養我身體的中醫師，

跟我說：「要吃食物原型。」

「原型？」我不十分了解。

「當地當季，不過度料理。」

懂了，這樣好的水土，這樣好的四季，

雨露風霜，美麗溫和的陽光，

天地的福分都在眼前這些蔬食身上。

當地當季，我很珍惜。

日常的蔬食：一把小芥菜，一顆白花椰菜，一顆奶油南瓜，一把我愛的芫荽，一顆番茄，幾條秋葵，當季的柿子……（右）

陽台的盆栽，紫蘇開花了。（下）

上海私廚小金處的「水八仙」，是使用八種當季水生植物：蓮藕、菱角、荸薺、水芹、茨菰、茭白、蒓菜、雞頭米，做成八道菜餚的一席料理，彷彿真的是八仙水上凌波微步而來，全無心機，卻讓人無限珍惜，天意盎然。金弘建攝影

「盤飧市遠無兼味」，因為偏遠，食材不多，
所以味覺可以單純無雜念。
我品嘗杜甫說的「無兼味」，也嘗試回到童年，
尋找食材不多的年代記憶裡的
葉片、枝莖、根莖、種子、花或果實的美好滋味。

卑南族原住民用月桃葉包的小米粽。（下）
月桃，是立夏時節的花。（左）

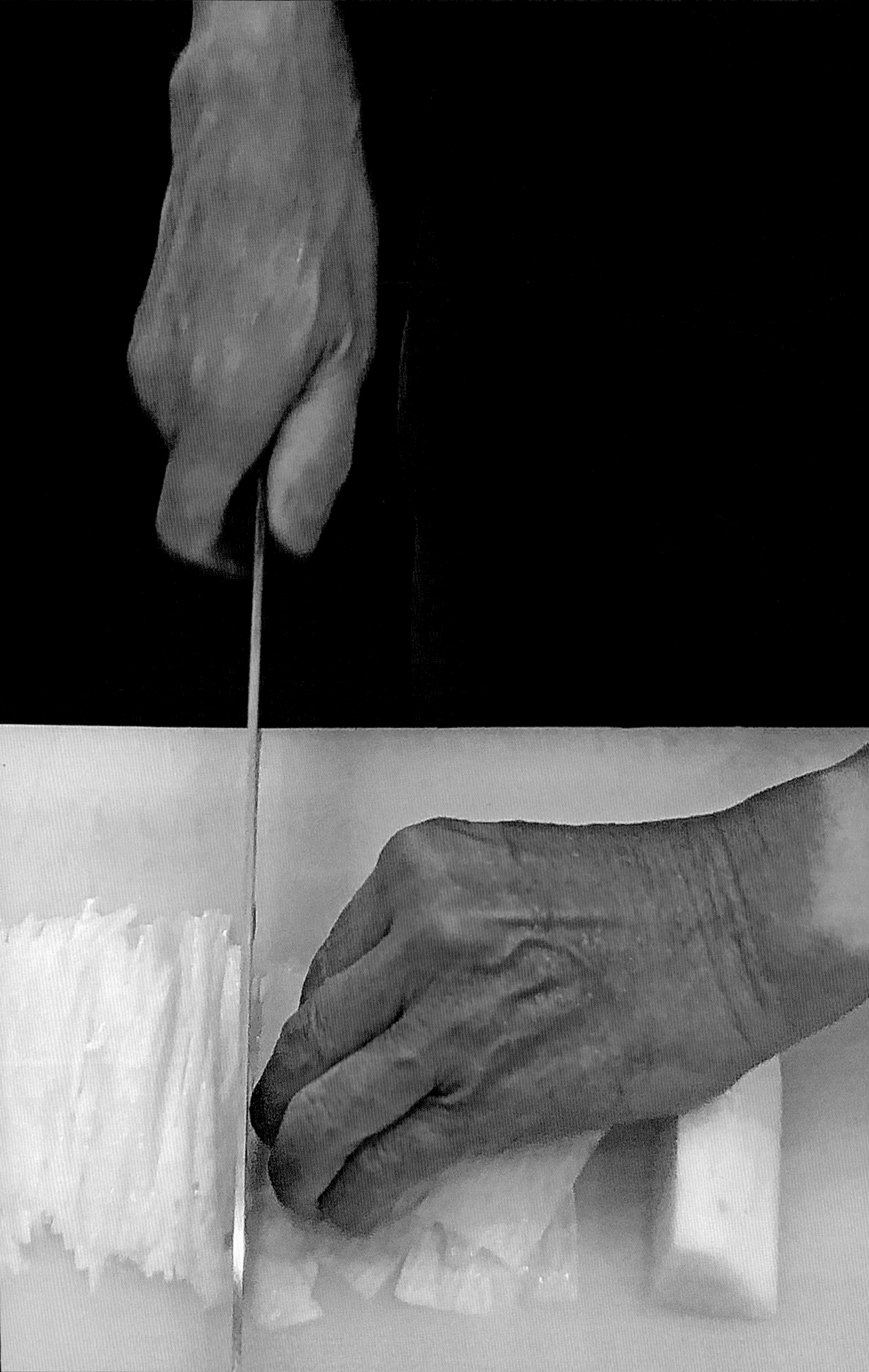

母親的廚房，讓我體會到好多氣味，
體會好多觸覺，體會好多溫度，
體會文字語言形容不出的色彩和形狀。
母親那一把平凡簡單的大板刀，
這麼單純，然而
她用那把刀做出多麼千變萬化的菜餚。

北投掬月亭主廚高先生，他以手工細切山藥絲。（右）
山藥麵線襯在竹篾上，下鋪冰屑，滑潤爽口。（下）

我看過成熟的蘋婆。
掉了一地，外殼絳紅，
殼爆開，內裡豔橘色，非常美。
蘋婆果外皮深褐色，
搓開外皮，果肉土黃，像栗子，
烤熟以後，比栗子還香。
蘋婆顏色近土，溫暖厚重，
我直覺是滋養脾胃的好食材。

二〇二二年與中央書局合作的
「五行九宮蔬食料理」——蘋婆五目炊飯。（右）
大暑前後嘉義山崎的蘋婆。（下）

母親掌廚的年代，還是農業手工業時代，
一般人的生活都簡樸。
家裡的三餐，也都很簡單。
人少，兩菜一湯；人多，四菜一湯。
以蔬食為主，配米飯和麵食。
蔬食不是吃素，與宗教無關。
蔬菜、五穀、豆類，搭配一點肉絲肉末，
這樣的蔬食，多植物少動物，多素少葷，
隱約著「平衡」的觀念，
一直影響我對身體或生命的看法。

童年家常都在家用餐，一碗五穀粥配簡單小菜。（下）
二〇二三年在中央書局推出「春暖花開蔬食料理」，此為其中一道綠色氽燙時蔬。（左）

五行時時在流動

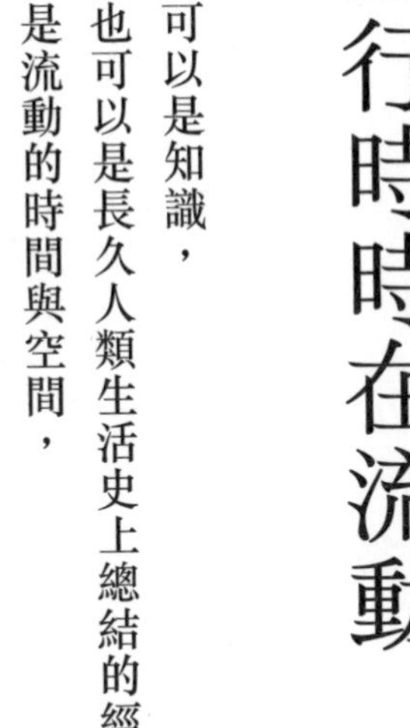

五行可以是知識，
五行也可以是長久人類生活史上總結的經驗。
五行是流動的時間與空間，
是靜觀流動的萬物內在的本質秩序。

五行

先秦時代發展起來的「五行」觀念，可以從哲學思想史上去追溯。但我更感興趣的不只是知識層次上論述的「五行」，而是普及在庶民生活裡充滿了活潑流動性的「五行」。

大學時讀漢儒董仲舒的《春秋繁露》，一本推崇儒家的書，裡面其實包容含納著廣泛活潑的五行陰陽思想。

民間不識字的庶民，其實不會讀《春秋繁露》，也對抽象思想的「比相生」、「間相勝」一知半解。

五行在思想史上有知識分子的論述研究，龐雜繁複，最後常常容易發展成歐洲中世紀經院哲學的繁瑣。

但是民間在生活裡運用五行，非常自由活潑，因地區、時代變化，像一棵樹，在不同季節呈現不同的面貌。

一棵樹木，潛藏在土地裡的根，常常蔓延極深極廣，卻不容易為人發現。木是與土有關的，木也與水有關。

大部分人觀察的樹木，有破土而出的新芽。新芽茁長，慢慢形成粗壯主幹。主幹分出枝椏，散出綠葉。我們會觀察枝椏分布的狀態，可以讓散布的綠葉承接陽光和雨水。雨水量多量少，形成不同的樹葉形狀。長長的葉尖是排除水分的，葉片上分布水分輸送的脈絡也清晰可見。

樹木的開花，是比較鮮明的變化。紅色或黃色的花，都像陽光轉換的能量。

春天開的花凋謝了，在落蒂的位置結成果實。果實一日一日成長，到秋天的時候成熟，垂在綠葉之間，金黃或橙紅，飽滿圓實。採收果實之後，白露、霜降，樹葉變色凋零，離枝離葉，剩下光禿禿的主幹，黑烏烏的樹木枯枝，襯著黑沉沉的烏雲天空。

古代先民，是從觀察一棵樹知道了季節，學習知道了生命的循環，周而復始，枯枝等待春天發出新綠的嫩葉。

先民鑽木取火，認識木與火的關聯，有金屬的時代，伐木丁丁，也認識了木與金的關聯。

五行可以是知識，五行也可以是長久人類生活史上總結的經驗。

一棵樹，歸納為「木」，木有東方的屬性，木是春天，木是青色，木與雨有關，雨從龍，一直到現代，華人民間到處看見「青龍」、「白虎」的符號。

民間大量使用青龍、白虎，卻不一定知道與五行有關。

白虎是金，金屬有金屬的屬性。金屬是白，金屬是秋天，金屬是刀是殺，處決死刑叫「秋決」。

讀《水滸傳》，知道「白虎堂」殺機重重。

民間用自己對宇宙萬事萬物的觀察建構起廣大的五行體系。

水是滋生木的，木又破土而出。礦土可以提煉出金屬，金屬又可以克制木。

五行體系慢慢形成，像四季運行，春木，秋金，夏火，冬水。

漢代的鏡子上常常鑄刻「四神獸」，左青龍，右白虎，南朱雀，北玄武。朱雀在南方，是紅色，是火焰，是熱烈的夏天。玄武是黑色，是龜蛇合體，是北方，是寒冷凜冽的冬天。

四神獸的漢代銅鏡裡其實隱藏著中央的方形，是土地，是人自己，是黃色，四維上下，四季運行，星辰流轉，中土的人是穩定的力量。

五行在民間無所不在，已經與思想史上的哲學無關。民間在兩千年間，從自己的生命經驗體會出物質秩序的「相勝」與「相生」，找到牽制、對立、衝突間微妙的平衡。

色彩學上有「對比」，也有「和諧」。音樂上有「和聲」，也有「對位」。「對比」是「相勝」，「和諧」是「相生」。「和聲」是「相生」，「對位」是「相勝」。

「和諧」太久就是停滯，無法發展進步。同樣，一直「對位」，找對立，找衝突，也失去了穩定，虛耗精力。

五行在政治上逐漸形成觀察權力消長的一種方法，周代以火德興，崇尚紅色。秦崇尚水德，黑色，水可滅火，秦就要代周而起。

我對五行中的「氣數」興趣不大，用來說服統治者玩弄「氣數」得天下，也許忘了「氣數」的根本是人，沒有人的尊重，沒有人的寬容，沒有人的慈憫，「氣數」就只是權術，權術恰恰是看不清五行流轉的最大障礙。

秦始皇自稱「始」，他畢竟沒有看到「終」。漢代有很大的領悟，所以權力的最高峰永遠提醒「未央」。

漢代瓦當文最常出現「千秋萬歲」、「長樂未央」，在秦代空間征服的霸悍之後，漢代回頭尋找時間中的悠遠綿長。

五行的影響在華人世界深遠廣大，常常出乎我們意料，在東南亞的華人社區，青龍白虎的符號無處不在，地理堪輿風水先生的空間與時間定位似乎仍然遵循著兩千年的傳統法則。

童年時看民間嫁娶墓葬看風水算計吉時，很容易斥為迷信。

每個文化都有「迷信」，迷信一個教派，執著一個教派，也可以從教派走出，觀察天地，觀察萬物，靜下來看事物間牽連互動，找到牽連的秩序，懂對立，也懂平衡，或許才能從「迷信」中走出來吧……

五行，對我而言，不是一個固定的體系，五行時時在流動。陽光下的樹木無時無刻不在流動；陽光下的河水，無時無刻不在流動；陽光下的金屬，陽光下的火焰，陽光下的大地，都無時無刻不在流動。

五行是流動的時間與空間，是靜觀流動的萬物內在的本質秩序。

用五行觀察政治，觀察朝代興亡。用五行勘查地理風水，判定吉凶，用五行做個人事業情感的悔吝禍福預測，這些，我都不擅長，最後似乎是在自己的身體裡觀察五行流動的規則。

《尚書．洪範》裡談五行：「水曰潤下，火曰炎上，木曰曲直，金曰從革，土曰稼穡。」

木火土金水，各有屬性，〈洪範〉裡似乎開始把這些屬性連接到食物與味覺系統：「潤下作鹹，炎上作苦，曲直作酸，從革作辛，稼穡作甘。」「鹹、苦、酸、辛、甘」，大約也就是今天習慣說的「酸甜苦辣鹹」

五味。

體系哲學慢慢形成，習慣把各種事物都容納進一個秩序的系統。

現代年輕人好談星座，星座粗淺分土象、水象、火象、風象，也連接到最早西亞一帶「地水火風」的宇宙本質元素觀察，和先秦到漢代的五行類似，試圖用幾個物質元素屬性建構起生命秩序。

五行和五味連結，在漢代如《內經》一類的醫書，也自然會把人體的臟腑和五行運作在一個體系。

影響漢醫至大至廣、深入民間的《黃帝內經》，用五行解釋人體和味覺的對應，用人體的臟腑和宇宙上下四維節氣對話，建立廣大華人養生醫療的基礎觀念，兩千年來已經根深柢固。

引用一段《內經．素問篇》對腎經的描述：

北方黑色，入通於腎，開竅於二陰，藏精於腎，故病在谿，其味鹹，其類水，其畜彘，其穀豆，其應四時，上為辰星，是以知病之在骨也，其音羽，其數六，其臭腐。

這個包含天文地理音律色彩嗅覺味覺的龐大的體系，現代人要如何面對？讀的時候，當然有很多疑問：為什麼腎經在音律上是輕細的羽音（想到日本寺廟的「羽音瀧」）？為什麼在數字上是六（想到尚水德的秦朝數字是六的倍數）？

暫時把不容易理解的玄奧擱置一邊，僅挑出臟腑與味覺的關係，條列成筆記。

「木曰曲直」就把木的屬性的生發、曲直舒伸，用來解釋肝臟和膽（腑）的作用，「曲直作酸」，也就連結了味覺的「酸」與「肝膽」的關係。

漢醫的腎、膀胱是屬水的，水潤下，與鹹味有關。

漢醫的心臟和小腸（腑）屬火，溫暖，熾熱，五味是苦。

我們的脾臟和胃（腑），屬土，味覺是甘。

我們的肺臟和大腸（腑）屬金，味屬辛。

關於五臟六腑與色彩味覺的關係，民間有很籠統概念的流傳，例如肺屬金，喜歡白色，秋天適合養肺，所以一到秋天，常聽朋友說：「要多吃白色的銀耳、蓮子、百合……」

五行如果是流動的，很難變成一個公式，照本宣科，一成不變。最好的漢醫似乎常說「調養」。「調養」，我的了解，不是治病，而是在不同時節找到自己身體的平衡。

味覺記憶

二〇二一年五月，因為三級疫情警戒，我住在東部池上萬安村龍仔尾一處農舍。三個月的時間，不但息交絕遊，每日抄經畫畫，為了避免接觸，連池上中山路的市集也很少去。

附近農家送來當季新米，我煮滾後就關火，燜一個晚上，第二天吃微溫的粥，一屋子芋香，忽然記起童年時物質不多的年代的飯香，五穀是可以很香的。

回想了一遍記憶裡的五穀和根莖類的蔬食，玉米、小米、紅藜、油芒、葛鬱金、番薯、芋頭、茭白、蘿蔔、甜菜根、山藥，還有許多豆類的香，種子的香，菱角、芡實、蓮子、鷹嘴豆、紅豆、綠豆、黃豆、虎豆、黑豆、蘋婆……

在無人的新武呂溪水聲潺潺的圳溝邊散步，空氣裡都是七月剛收割的稻米的香，不多久就是夏夜微風帶來陣陣新插秧苗的香。第一季稻穀成熟金黃的飽滿，第二期稻作新插秧苗翠綠的稚嫩，交替著春末夏初的宇宙節氣運行。

植物是這樣香的，不同的季節，每一種有每一種不同的香。

「盤飧市遠無兼味」，因為偏遠，食材不多，所以味覺可以單純無雜念。

我在龍仔尾嘗試懂得品嘗杜甫說的「無兼味」，也嘗試回到童年，尋找食材不多的年代記憶裡的葉片、枝莖、根莖、種子、花或果實的美好滋味。

都是美好的，然而因為太多，太多慾望的雜念，我許久忘記了單純的、專一的氣味。然而蒐集資訊的時代，處處時時都是雜念，如何回到單純專一？

童年時的味覺記憶很少是動物的，雞鴨魚都不多，牛羊一年也少見，食物的記憶大多都是植物。

近四十年，我的食物記憶改變很大。在龍仔尾素淨的農村，忽然回到對植物的想念，發現自己身體裡還有這麼深的對五穀、根莖、菜葉、豆類種子的記憶。

我的身體原來像一棵樹，有許多植物的屬性，渴望土地、水、陽光、空氣，畏懼火和金。

吃了太多動物，彷彿死去動物的生命還在身體裡，對他們，有些許歉意。然而，廣大的植物草本木本的嗅覺味覺從脾胃肺腑裡滋生著悠長的感恩。

依賴植物活著，依賴動物活著，可以形成很不同的生命走向嗎？

雨後的中央山脈，大山這樣穩重篤定，不驚不畏。長雲來去，這樣輕盈自在，一無罣礙。

童年植物食材的呼喚，在龍仔尾農舍，嘗試用五穀作粥，試試縱谷小農的有機稻麥，嘗試從過多的肉食回到早先童年蔬菜的滋味，龍葵、灰藋、水菜、馬齒莧……

馬齒莧是母親常摘的野菜，後院長滿的馬齒莧，同安鄰居叫作「豬母奶」，母親叫作「寶釧菜」。她說：「王寶釧苦守寒窯十八年，就靠吃這野菜活下來。」

在東部餐廳看到有馬齒莧，頗為驚訝，也為了懷念母親，就常常去吃。餐廳老闆阿昌很讚賞說：「這野菜omega-3非常高。」很感謝阿昌讓我重新回憶母親的寶釧菜。

我最早食物的記憶是母親給我的應該感謝的功課。

在龍仔尾農舍依稀還留著大灶痕跡的廚房，我用不同顏色的穀類和豆類烹煮「五行粥」。五行既然是方位、節氣、色彩的流動，就不用太固定拘泥僵化公式。

我們視覺上的青、赤、白、黃、黑，我們味覺記憶的甘、鹹、辛、酸、苦，都會自然調和平衡，母親常說：「五味雜陳。」她說的，像是味覺，彷彿又更像人生。

母親的爐灶

母親的菜教會我許多事，
包括物質的處理。
認識一根柴木，認識一只鐵鍋，認識土製的爐，
認識柴木如何在土爐裡燃起火來，
如何在水沸騰時，利用蒸氣蒸熟饅頭。

四十四坎

跟母親上菜市場是我童年快樂的記憶。

那時候住在大龍峒，鄰近保安宮，我家隔一條馬路就是同安人四十四坎商業社區的後門。

四十四坎在保安宮西側，是同安人開設的四十四間（坎）商業店鋪。記憶裡是南北各二十二間，隔一條小街相對，從雜貨飲食到藥鋪衣物俱全，平面展開成街市，內容等於今日的一間百貨公司。

小時候，母親常支使我去四十四坎買東西。有時候是打酒，有時候是買油，那時代「瓶裝」、「罐裝」都少見。我是拿一個錫罐子，告訴店家要多少錢的酒或油，店家用長柄勺子從甕中舀出，倒進我手中錫罐。我也不用付錢，店家會記在帳上，按時跟母親結算。

為了做生意方便，臨街店面昂貴，四十四坎每間店鋪門面大約是三公尺寬。這不寬的店面卻有很長的縱深，大約有六、七十公尺長，前面是臨街店面，後段用來住家，或作倉庫，囤放貨物，光線陰暗，幽深而神祕。

我家的南側就緊挨著四十四坎後門，母親打發我買東西，我不想繞遠路，就常常穿過這長長的甬道。私人住宅變成我的捷徑通道，也順便看陰暗角落堆放的各式雜貨。

天井照下來的光恍惚猶疑，奇異的氣味，混雜著食物、被褥、人體，或魂魄裡散不去的記憶。偶然有老婦人洗澡，坐在中庭幽暗的光下，赤裸身體，垂著雙乳，用刨木花沾油梳篦長長頭髮，或解開裹腳布，看著自己扭曲變形的小腳發呆。

那陰暗光線裡模糊不清晰的人或物，奇異難以形容的氣味，在慾望和腐爛間游移的嗅覺，一直到今天，每次走近四十四坎，雖然已是完全走樣的遺址，只剩一塊黑色毫無溫度的石碑，那久遠時光裡的光線和氣味依然撲面而來。

店家對十歲不到可以幫忙家務的孩童好像都有疼惜寵愛，就常常抓一把鹼水黃麵條給我吃，或者一顆圓糖，糖的核心是一片醃漬話梅，含在口裡，甜蜜裡慢慢滲出一絲絲的酸。

四十四坎有各式吃食店鋪，大多是同安人百年歷史的傳統小吃：肉羹、土魠魚湯、魚丸、肉燥飯、米粉湯。還有各式碗粿，用黃槿葉子襯著，或裝在小碗裡，隨時調上赭紅甜辣醬和蒜頭醬油就可以上桌。

四十四坎也有青菜蔬果攤販，但菜色不多，於是母親買菜多不在四十四坎，而是從我家往北走幾條街，有一個更大的市集，現在已改建為幾層樓高的大樓，題名「大龍市場」。

大龍市場

大龍市場在五〇年代還是許多攤販聚集的市集，地上積水，很泥濘，

大龍峒保安宮西側有清代同安人商業聚落四十四坎。

買菜的人很多，摩肩擦踵，小販吆喝，跟顧客攀談，討價還價，熱鬧非凡。

童年最深的記憶竟是菜市場裡勃𣽈複雜的氣味，我閉起眼睛，可以隨著那氣味找到剛剛宰殺的豬肉攤前，還帶著生命餘溫的肉體內臟，彷彿在砧板上還可以跳動的心臟，那樣的肺腑肝腸，告訴年幼的我如何認識肉體。肉體的熱烈，肉體的荒涼，我學會對肉體敬重愧疚，不是在學校，其實一直是那市場的芸芸眾生。

市場收攤，清洗過的市場依然活躍氤氳著各種氣味。我可以閉著眼睛，完全依靠嗅覺走到白天賣魚蝦蚌殼的攤子前，那空無一物的攤子，蒸騰著強烈不肯逝去的生命的腥味，在夏日黃昏，比任何宗教或哲學更清楚告訴我什麼是魂魄。我因此相信「魂魄」是身體消失而堅持不肯離去的存在，看不見，但是在嗅覺裡這樣清晰。

我也嘗試在夏日黃昏走進空空的市場，依靠嗅覺找到白天母親挑選菜蔬的攤子，九層塔的氣味、薑蒜的氣味、芫荽的氣味，或者豌豆苗有點委屈的清香，像漸行漸遠不太騷擾人間的平靜氣味。

母親教會我用嗅覺認識整個市場眾生的歡悅，眾生的哀傷。彷彿她仍然帶領著我，走在世界各處，走在人群中，在嗅覺裡知道愛或者恨，擁抱的溫暖，廝殺的血腥，生的氣味，死亡的氣味。

大龍市場來自「大龍峒」這個地名。大龍峒早期漢譯並不一致，或稱「大隆同」，或「大浪泵」，後者似乎更接近原來此地部落的發音。

大龍市場在基隆河、淡水河交會處，上世紀五〇年代，附近多還是稻田菜圃，農民自產的蔬菜水果很多。當時家家戶戶多豢養雞鴨鵝，也多有豬圈，門口常備有一存放廚餘（ㄆㄨㄣ）的土甕。我小學放學回家，也常拿竹篩去附近撈溪流水圳裡的蜆仔、蛤蜊，砸碎了餵鴨子。母親則一早拿剩飯拌了穀糠等飼料餵雞。因此一年雞蛋鴨蛋不斷，可以保證一家八口都有蛋吃，可以想像家禽數目壯觀。

雞鴨日常四處遊逛，自己找蟲吃，黃昏都按時回家。各家有各家的雞鴨，好像從來沒走錯家門。

如今都會長大的一代，很難了解早期台北農業、小畜牧業、手工業時代的生活景象吧。

工商業發達以後，台北最先都會化，河流汙染，土地增值，房價被炒作，農業、手工業消失，自家的家禽、自家的菜園一併消失。認識植物動物只有靠知識，知識只是概念，用來考試可以，用來生活就可能處處行不通。

當然，一定有人振振有辭，回嗆說：「我的生活就是麥當勞、肯德基……如何？」

都會有都會的傲慢自大，飛龍在天，自然無可如何。

幸好這些年在東部有機會重新認識小農、手工的產業生活。知道手摘的梅子和洛神花，畢竟和用落草劑收割的不同，也知道化學汙染的稻米，激素速成的雞鴨豬，已經多麼嚴重傷害了一整代年輕人的身體或心理狀態。

我慶幸在台灣自然環境沒有被破壞的年代度過童年、青少年，一直到二十幾歲去歐洲讀書，一直大多是吃母親親手做的食物長大。

現在不會特別羨慕米其林三星，偶爾去，也有新奇，但是心裡很清楚，能夠有二十幾年時間餐餐吃母親做的菜，是多麼大的福氣。

母親的燒飯燒菜

母親的菜教會我許多事，包括物質的處理。認識一根柴木，認識一只鐵鍋，認識土製的爐，認識柴木如何在土爐裡燃起火來，如何在水沸騰時，利用蒸氣蒸熟饅頭。

應該先說明，那個年代，所有使用的物質元素都和今天不一樣。用五行的觀念來看，那時候廚房有爐台，是土做的，爐子裡面燒的是木柴。燒飯時跟兄弟姊妹幫忙母親生火。先選細樹枝，用報紙點燃，等火上來了，再添加大一點的柴。台灣潮濕，木柴不容易燃著，平日就要日曬讓柴乾燥。乾柴烈火，懂了木柴，也懂了火，順便懂了自己或他人的情慾。

木柴如果潮濕，煙很大，熏得眼睛張不開，灰頭土臉。因此吃飯的時候，家家戶戶常把爐子搬到後巷通風處，避免煙往屋裡竄，火也容易盛旺。

火旺了，才在柴上加炭，好的炭煙少，但貴。一般家庭還是多用生煤，燒飯的時候一條巷子都是黑煙。柴火炭煙，熱烈的樹木還報給世間的氣味，總覺得可以感恩。

在炭爐上燒飯並不容易，現代瓦斯爐輕易可以調大火小火。炭爐如何控制火的大小？

炭爐都有爐門，拳頭大小，爐門有鐵片做的，開闔容易。我記得最早用的爐門也是土捏製的，有一次爐門摔破，母親要我去對門理髮店要一點地上落的頭髮，回來摻在濕土團裡，捏一捏，就先做一個爐門。

需要火旺，打開爐門，用扇子搧。長大以後也很容易知道社會上什麼人在「搧風點火」。

漢語的民間詞彙、成語多從生活中來，和知識分子用來考試的思維十分不同。

煮飯當時是難事，水煮沸了，往外撲，要把爐門關小，卻不能讓火滅了。微微通風，細微的風裡含蓄的火溫，慢慢蒸烤，散逸出飯在不同溫度的香氣。同時要移動鍋子，讓鍋底的火溫均勻，等微微焦香散出，飯就熟了。鍋底有一層焦黃鍋巴，我最愛吃，因此常常故意讓鍋子在爐上久一點，多一點鍋巴。

鍋巴好吃，不只是米香，還有脆硬緊實的口感嚼勁，牙齒好，自然愛鍋巴的乾脆。

沒有瓦斯，沒有電鍋，人類也活了上萬年，有幸接到萬年的尾巴。面對有瓦斯、有電鍋的一代只有羨慕（包括自己），但以為沒有瓦斯、電鍋就活不下去，卻不以為然，因為曾經用柴火煤炭煮過大鐵鍋飯。

台灣家用燃料史很值得研究，五〇年代，燒柴、燒煤炭，後來有過洋油，也有很長一段時間用煤球。

煤球台語叫炭圓或炭丸。用煤渣煤屑混在土裡製成，煙味嗆鼻，燃燒時黑灰屑亂飛。

煤球大概是六〇年代的記憶，家家戶戶牆角都堆著一落長排煤球。煤球約十五公分高，圓筒狀，中間有孔。煤球也要用柴火先燃著，好處是一個煤球換另一個煤球，不用再生火，直接把新煤球放上去就燃著了，方便很多。

煤球爐也有爐門，燒過晚飯，關了爐門，爐裡還有文火餘溫，爐子上總坐著一只鐵壺，保持家裡永遠有熱水用。

漢字的「家」是屋頂下要養「豬」的，我記得的家是有文火餘溫的爐子。

用過的煤球多用箝子夾到馬路上，用來填路上坑洞。那時道路多沒有鋪柏油，下雨泥濘，坑洞很多，廢棄煤球剛好可以填坑。

想談談母親的燒飯燒菜，結果談起了家用的燃料。

我總覺得不同燃料、不同爐子料理出的飯菜都不一樣。從柴火到煤炭，我記得相思木、龍眼木在火裡燃燒的香，記得它們燒成灰時的聲音，記得它們留在鐵鍋上焦黑的烙印。

跟「鍋巴」相關的料理，大多來自柴木煤炭時代的記憶。把焦酥的鍋巴淋上各式澆頭的菜餚，在「反共抗俄」的時代加上很政治的菜名「轟炸莫斯科」，大概已經是今天有選舉權的公民都不知道的事了。

台灣什麼時候普遍平民家庭都用了瓦斯，大概是料理史上的重大變革吧。俄羅斯攻打烏克蘭的時候，有人剖析歐洲對天然氣的搶奪，我也才驚覺今日認為理所當然應該有的「天然氣」，有一天會不會沒有。

燃料的火，來自柴木、煤炭，來自油或天然氣，會如何影響到我的生活？

理所當然，會不會是人類存在下去的最大危機？

料理離不開火，離不開水。自來水今天在台灣也是「理所當然」。我的童年，沒有自來水，在溪流邊洗衣服、洗菜，去附近井裡提水燒飯，都是「理所當然」。

使用柴木，使用溪水，使用炭火，使用大鑄鐵鍋，使用土灶，木火土金水，我重回母親料理的時代，重新記憶她生活裡的五行。

一九六〇年台灣有了第一台電鍋，徹底改變了民間煮飯的方式。改朝換代，面對嶄新的一只電鍋，全家的喜悅，整條巷弄的喜悅，難以言喻。到一個年齡，知道真正的改朝換代是說庶民生活，與歷史喜歡誇張的所謂「大事」無關。

最近朋友懷念鍋巴，試著用柴木生火燒飯，弄了一屋子煙，灰頭土臉，還挨了老婆一頓罵。

火候與人生

爐火慢「煨」、細「燉」，「煎」或者「熬」，都是功夫，拿捏火候，是做菜，也是人生。

火候

朋友送來一顆銀栗南瓜，像一顆大桃子。綠色裡泛著銀光，像漢朝綠釉陶泛出水銀的光，沉著安靜，很美。放在几案上幾天，捨不得吃，也在想，如果是母親，她會如何料理這銀栗南瓜？

我看過母親燒冬瓜盅，陪她在菜市場選冬瓜，挑了很久，挑中一顆小冬瓜，直徑大約二十公分，切開來，瓤很厚，青白如玉，透著夏季暑熱裡山泉般的沁涼。

母親的冬瓜盅用雞湯煨冬菇、木耳、松菌、扁尖，加一點泡軟的干貝、火腿片、乾魷魚絲。材料偏素，肉類只是提味，火一大開沸騰就轉小，然後慢火細蒸，關火再燜一下，讓湯頭的鮮香，滲透進冬瓜瓤裡。吃的時候，一勺一勺舀在碗裡，清爽素淨，餘韻很長。

後來有機會吃到大餐廳的冬瓜盅，加了太多鮑魚、花膠、蹄筋，材料昂貴，缺失了冬瓜的清淡，總覺得遺憾。

素淨，並不容易。也許，素淨是守一種本分，不貪妄想，也就素淨了。

母親的料理，彷彿帶著她戰亂四處顛沛流離的本分，謹慎裡求眾生平安，滋味深遠。因為一生都在遷徙，她的料理沒有特別地方的執著。她是北方人，各樣麵食，從麻什（貓耳朵）到旗花麵，從水餃到饅頭包子，她都拿手。她也會做父親家鄉的福建菜，自己釀酒取酒糟，裹著鰻魚，蒸炸都好吃。她也用酒糟燉雞，鮮香滑嫩。

福建菜的腰花油條麻煩，豬腰處理費工夫，尿管剔除乾淨，用麵粉搓洗，不留一點腥臊。用大刀片成薄片，調味快炒加入隔夜酥脆油條，這一道閩系名菜母親也拿手。

母親在大龍峒定居，她就學做同安人的各式米粿、油飯，過年和鄰居一起磨米做年糕。

顛沛流離中活下來，很難有妄想，也就平實樸素。

料理用火，講究火候。蒸、煮、煎、熬、燉、烙、烤、煨、炸、炊、煸、炒、燜、汆燙，都是火候。

火候是對火的體會，大小快慢，都有分寸。

火從邃古燧人氏傳下來，或者如古希臘所言，是普羅米修斯從天上眾神偷竊而來。人類圍繞著火，細數天上星辰，期待旭日初升。一萬年過去，仍然盼望火種傳遞，代代不絕。

母親經歷的火的使用，像一部火的歷史。她在戰亂裡，看過砲火，看過硝煙，也許可以體會生活裡靜靜看著一圈爐火的幸福滿足吧。

她做飯做菜，用過木柴燃火，用過炭，用過煤球，用過洋油，用過瓦斯，用過電，用過磁波……

每一種不同燃料的爐具，都有各自的特色，做出的飯菜也有不同。

爐火，或許一時讓她想起某一日大轟炸的火光沖天，鬼哭神號。她還是聚精會神，祈禱眼前那一圈爐火有天長地久的生活的安穩吧。

爐火慢「煨」、細「燉」，「煎」或者「熬」，都是功夫，拿捏火候，是做菜，也是人生。

現代人多不懂「煨」的慢火溫度，也難體會人與人的「依偎」，慢熱，卻長久。懂得「煨」，懂得「燜」，都需要耐心與時間。

對火沒有耐心，也難理解生命裡「煎」和「熬」的隱忍。

我越來越少在餐廳吃「乾煸四季豆」，「煸」要時間，「煸」不是「炒」，也不是「炸」，不用油，用小火「煸」出水分。這也需要時間，匆匆忙忙，很難理解「煸」。

我的童年，用火，需要時間，用水，也需要時間。

打開水龍頭就有水，如今也是理所當然，冷水熱水都有。

我的童年卻不然，到溪流邊取水，到井邊汲水，回來把水燒開，需要的時間也很長。

最近在一條河畔步道看到一台泵浦（請見第六十三頁），看了很久。大概青年一代已經不知道是什麼。泵浦是汲地下水的裝置，一邊有木頭的柄，上下擠壓木柄，另一端水喉就會送出水來。我的童年，這樣裝置很普遍，婦人們都聚在水喉泵浦邊，洗菜，洗衣物，也聊八卦是非。有時為了搶水，也有人在泵浦旁打架，撕扯頭髮。

泵浦是社區共用的取水裝置，當然沒有今天家家戶戶的水龍頭方便。我很慶幸十歲以前經歷過家家戶戶沒有自來水裝置的時代，所以直到今天，打開龍頭，有水汩汩流出，都覺得是神蹟，心存感謝。

現今在家裡打開水龍頭，過濾的飲用水，熱水立刻就有。用水這樣方便，自然沒有「神蹟」的感動，也不需要感謝，有水，理所當然，沒有水，可能就謾罵抱怨。

應該慶幸，經歷過缺乏的時代，有機會對此刻擁有的充滿感謝，守本分，便沒有太多妄想。

是的，科技進步，許多家事有機械代勞，我很慶幸，從一無所有開始，隨著年齡，家裡有了電扇，有了留聲機，有了電視，有了瓦斯爐，有了電鍋，有了電冰箱，有了電話，有了空調冷暖氣，有了捷運，可以隨時坐飛機到想去的地方旅遊。

每一樣機械出現，都像神蹟，充滿喜悅興奮。

泵浦汲水器是汲地下水的裝置，一邊有木頭的柄，上下擠壓木柄，另一端水喉就會送出水來（圖裡的泵浦木柄斷缺）。
我童年的時候，這樣裝置很普遍。

然後，大概半世紀，出現能源的危機，電力資源不夠了，出現碳排放廢氣的汙染，出現臭氧層破裂，南北極融冰，森林大火，許多動植物滅絕，飲用水裡大量塑膠微粒……

慶幸過神蹟，也看到神蹟不被感謝，人類失了本分，沒有節制，神蹟轉成詛咒，從「創世紀」到「索多瑪城」的毀滅，彷彿《舊約》都已預言。

圍繞在我們生活周遭的五行——木火土金水，時時刻刻都在變遷，有時緩慢，有時快速，也許，核心的位置還是人。人失去了自己立足本分，木火土金水的運轉流行，不會是助力，反而變成障礙。

工業革命之後，有機械替代傳統手工勞作，人類也許慢慢會發現，一百年，工業革命的神蹟一一轉成詛咒。

後工業時代，要如何重整一百年工業消費速度留下的世界性難題？

我慶幸過生活裡一一出現的科技神蹟，一直到手機、電腦。我也開始深沉反省。電冰箱、電視、電腦、洗衣機、洗碗機、微波爐、空調冷暖氣、除濕機、空氣清淨機、電子掃地機等，看著這些家庭必備的機械，也會問自己：我可以少掉哪一件？都是「必備」的嗎？

我需要另一種神蹟，回到素樸的生活原點，不是增多，而是減少。

常常演練《易經》「損」、「益」二卦，生活還可以減少什麼？還至本處，也許應該回來守人的本分了。

電冰箱

「我的童年是沒有電冰箱的……」有一次，我這樣說，年輕人聽了，無限憐憫：「好可憐喔……」

可憐嗎？也許吧……

我因此回憶了一下「冰箱」。

台灣這麼熱，夏季溫度高又潮濕，沒有冰箱，食物怎麼保存？

上個世紀五〇年代，台灣經濟生活和今天大不相同。家家戶戶食物都不多，食物不多，很少剩菜，也很少有「廚餘」。所謂廚餘也就是一些剩菜的湯湯水水，存放在門口一個土甕裡，用來餵豬、餵雞鴨鵝，餵狗餵貓，貓狗都不胖，人也不容易胖。

最近一位朋友，下班回家，她最疼愛的小黃狗「襪子」撲上來討拍，忽然抽搐倒地就死了。朋友哭了好幾天，醫生說這樣猝死是跟心臟有關。她不肯解剖屍體，哀傷地辦了喪禮，埋葬在寵物墓地。

我的童年，人不容易胖，寵物也不胖。很少外食，食物大多當天吃完。大部分吃蔬菜，菜裡炒一點肉絲肉末，除非過年過節，很少看到大塊肉、一整隻雞或鴨。

沒有剩菜，好像也沒有特別需要冰箱。（這當然是阻礙進步的觀念。）

我最早接觸的冰箱不是電冰箱。

冰箱，不插電。是一個木頭櫃子，裡頭放冰塊，冰塊同安人叫「冰角」，五毛錢買一塊冰角，店家用鋸子鋸開，二十公分見方，草繩捆紮，提回家一路還滴著水。

因為不用電，不叫電冰箱，通常叫作冰櫃。夏天很熱，冰點綠豆湯、西瓜、青草茶、酸梅湯解暑，很少用來存放剩菜。

冰塊用刨子刨成冰渣，加上各式酸甜果汁，也是夏日佳餚。

我到現在也不習慣吃剩菜，飯菜做一定的量，吃完，不留隔夜，也就不那麼依賴冰箱。

電冰箱有了，大概是一九六〇年前後，我們一排糧食局宿舍，都是公務員，都用冰櫃，沒有電冰箱。鄰居裡有一戶是南洋華僑，忘了是新加坡還是菲律賓，我們都籠統叫作「南洋」。「南洋華僑，他們家進口了一台電冰箱。」一時傳為美談。

那台電冰箱，莊嚴如白宮，放在客廳中央。附近幾條街的鄰居都來觀賞，開開關關，覺得神奇。插了電，涼風徐徐，乾淨明亮，像神話中的水晶宮或廣寒宮。

電冰箱讓附近左鄰右舍快樂了很久，也像神話一樣傳述了一段時間。

現代人很少把冰箱放客廳，冰箱實用，也少了神話的丰采。

這家人很和善，有了社區第一台冰箱，很樂於和鄰居分享，不僅招待大家參觀，招待吃電冰箱冰過的檬果、蘆筍汁，也同時邀請大家，「家裡有剩菜都拿來冰，不要客氣……就像一家人。」

有好幾個月，傍晚晚飯過後，就看到這家人門口絡繹不絕，許多人拿著剩菜剩飯串門子。

好像家家戶戶突然多出很多剩菜，把剩菜剩飯存放到電冰箱裡，像一個節慶儀式，竟然也成為那個沒有什麼娛樂的年代快樂的回憶。

要說嗎？電冰箱的故事有一個不太優雅的結尾。

那時候兒童腸道多有寄生蟲。學校規定定期有衛生所的人員來驗糞便。小學生每人發一個小火柴盒，規定裝進糞便，用信封套好，寫上班級名字，統一集中，次日交給衛生所。

大概有鄰居把剩菜跟這盒糞便一起放進水晶宮般的電冰箱，氣味不佳，被發現了。這家華僑主人大怒，從此不再接受鄰居存放食物。

街坊鄰居議論起來，也很為主人不平，「太沒有道德了啊……」大媽們在電冰箱門口說得很大聲，刻意要安撫生氣的主人吧，又像是為美如皇宮的電冰箱委屈。

一九六〇年前後，台灣都會的生活改變了。有了電冰箱，有了電視，都放在客廳，電視製作得也像皇宮、有拉門，最早有電視的一戶人家，也招待一條街的人晚飯後去觀賞，擺滿座椅，鋪了席子，熱鬧非凡，一直看到唱完國歌才依依不捨回家，螢幕上閃著神祕模糊像夢一樣的光。

節目內容都忘了，只記得那夢一樣的螢幕上閃閃如歲月眨眼的光。

電冰箱改變了我們生活的方式，沒有電冰箱，食物不會存放很多，飯菜做適量，當天吃完，不堆放隔夜菜，其實比較健康。

現代人越來越依賴冰箱，電冰箱要夠大，有時候一個不夠，要用兩三個。冰箱塞滿各種動物屍體，冷凍好幾個月，退了冰，肉質其實也比不上溫體肉類品質好。

很多人喜歡台南牛肉湯，一小碗，牛肉切薄片，入水一汆燙就好，加一點細薑絲，香甘幼嫩，難以忘懷，那口感味覺，還是因為不冷凍。

沒有電冰箱的年代，母親做出過極好吃的料理，材料新鮮，不冷凍，不冷藏，適量可口，也不浪費。

剩菜越來越多了，廚餘越來越多了，好像跟電冰箱越來越大有冥冥中的因果。

不在自家做菜了，請朋友上館子，總要叫一桌子菜才排場。剩的菜比吃的還多，最後都打包，回家塞在冰箱，吃一個禮拜也吃不完。隔夜菜，大部分都走了味兒，不好吃，也極不健康，吃出許多腸癌胃癌。

要怪電冰箱嗎？其實還是人自己失了本分。

有電冰箱，方便很多，但是可以不依賴，不塞滿食物。不把冰箱當廚餘桶，不把自己的腸胃當廚餘桶。

沒有冰箱，人類有很多保存食物的料理方法：用鹽醃漬、掛在簷下風乾、用蜜或醋浸泡、用太陽曬、用酒糟包裹……童年的家裡，屋子角落總有酒甕，母親自己釀酒，醃泡菜，做豆腐乳，自己灌香腸，屋簷下總吊著風雞風鴨、火腿、鹹魚……

在池上駐村之後，發現客家家庭床下都有寶，六十年的老菜脯，四十年的醃橄欖，一甕一甕的福菜、酸筍、豆腐乳……

沒有冰箱的年代，保存食物的方法，滋味悠長。

沒有冰箱的一萬年，人類靠醃漬風乾製作的食品，可以好好寫一大本書，或做一小手冊，準備有一天缺電斷能源的時候有個預防方案。

醃漬與風乾

民間保存食物，一用鹽醃漬，一是風乾。

或者並用鹽漬、風乾、油封、煙燻，讓食物不腐壞。

保存食物的方法

人類在沒有冰箱的時代，各個民族都發展出很多保存食物的方法，也形成很特殊的料理傳統，值得重新認識。

在池上吃過一家客家人的菜脯雞湯。用存放六十年的老菜脯燉出的雞湯，除了黑如煤炭的老菜脯，加一點老薑，其他什麼都沒有放。入口韻味悠長，很久遠很久遠的身體記憶被呼喚醒來，不可思議。原來一片一片用鹽醃過，置放在瓦罐裡，存放在屋角床下陰涼處，六十年密封的歲月，一根蘿蔔，也像修行的生命，鹹苦甘甜，從飛揚到內斂，從跋扈到沉著，可以歷練出這樣的滋味。

依賴冰箱，我們很難相信食物可以存放六十年。

我們還有六十年的耐心等候一根蘿蔔的變化嗎？或者，還有六十年一甲子的時間等待一個生命的成熟富裕嗎？

我也喝過四十年的老菜脯雞湯，深琥珀色。差二十年，尾韻也不同。坊間比較容易買到的是二十年、十年的菜脯，顏色深咖啡，和一般吃的蘿蔔乾差不太多，韻味也淺薄很多。

現在也有人嘗試把六十年、四十年老菜脯，加上新鮮白玉蘿蔔，燉湯，老中青三代，時間的新舊交錯，遲暮與青春對話，又是一種滋味。

時間，也許是修行的關鍵。

人的修行關鍵在時間，物質也一樣。最近看到拍賣市場一支老酒拍到一千一百零一萬五千元，雖然覺得有點誇張，但是我對入喉的酒無法有這樣深層次的品味，也就不敢隨便評論。

嘗過三十年義大利老醋，濃厚醇香，蘸一點在麵包上，就知道歲月的力量有多麼強大。

一九九〇年的Chambertin，市場上也是天價了，和老朋友喝，和懂的人喝，酒酣微醺，是巴黎風華過後滄桑又優雅的風韻。繁華都看過，可以靜靜在一個角落，微笑靜觀眾生喧譁，連聒噪輕浮也可以包容。

味覺裡常常有風雨晴寒，或者「也無風雨也無晴」，回首蕭瑟，像文學裡的詩，淬鍊過，所以文字語言都少。

在東部縱谷尋常人家喝到四十年老橄欖燉的雞湯，也是嘆為觀止。沒有跟價格扯在一起，存放的主人，不是為價格存放。有時說：「阿嬤醃漬的，放在廊下，忘了，忘了。」

忘了，因此，有時是難得的好。

這樣的東西，通常量不多，也只有跟親近的朋友一同賞識，有錢也失之交臂。

沒有冰箱的年代，在愛斯基摩一類終年天寒地凍的地區，保存食物不難，丟在冰雪中，隨時取用。

母親說她青年時在北方，院中一個大缸。蒸熟的饅頭、包子、滷肉，都丟在裡面，凍得硬邦邦。吃的時候，拿出來，蒸籠裡餾一下。

「餾」這個字，現在也少用了。利用大鍋沸水的蒸氣，處理凍硬的食物。不是「蒸」，是「餾」。

大缸的食物，過舊曆年，從臘月一直吃到二月初二，整個正月是不開伙做新菜的。

母親的老習慣，過年準備很多食物，一百個饅頭，一百個包子，一百個滷蛋……她喜歡一百。沒有冰箱，也沒有大缸，天氣熱，最後都快速分享給左鄰右舍。

民間保存食物，一用鹽醃漬，一是風乾。或者並用鹽漬、風乾、油封、煙燻，讓食物不腐壞。

小時候，屋簷下總吊著母親做的風雞、風鴨、臘肉、香腸。用花椒鹽抹過，加了烈酒，吊在簷下，曬太陽，風吹。臘肉肥油，最後如透明水晶，在陽光下晶瑩透亮，滴著油，透著風和日麗的氣味。

去過西班牙的朋友，都懷念小酒館屋頂上吊滿一隻隻火腿，煙燻，也風乾。火腿美麗性感，形狀色澤都風情萬種。喝著小酒，看廚師把火腿片成透明如紅瑪瑙的薄片，紋理宛然。配一口紅酒，嚼在口中，也像是品嘗時間的年輪。

地中海沿岸都有鹽漬風乾煙燻的各式肉類，為了保存食物，卻演變出豐富的食物滋味。義大利的帕瑪（Parma），一個小城，風裡都是令人喜悅的火腿氣味，薄薄一片火腿，配一片熟透的哈密瓜，夏日恍惚，喜悅和憂愁都不可言喻。

各個民族都有用鹽醃漬食物的漫長歷史，也都有用風和陽光炙曬，使食物乾透，不容易腐壞的方法。

日本用鹽醃漬的食品很多，通常太鹹，一點點就讓人頭皮發麻。這樣鹹的醃漬，原本也是用來配飯，不能多，一點點海苔醬，一點點醃漬魚卵，配著近江米的白飯，也有可圈點處。

我喜歡的日本醃漬食品是味噌，種類繁多，各地紅的、白的味噌，用來塗抹燒烤，用來燉湯，都是豆製品，風味大大不同。

一般印象，日本食材保持原味較多，現磨芥末，配微微炙烤的鮪魚，要品嘗出文青愛說的「侘寂」，像一句俳句，松尾芭蕉，五、七、五，十七個音，多一點都累贅。

但是，日本民間生活普及廣大的味噌、納豆，都並不只是「侘寂」。要各地跑一跑，窮鄉僻壤，老婆婆出手，一碗白味噌湯，飄著蔥花，一支山芹，滋味豐厚。村上春樹到七十歲，寫《棄貓》，才寫出這一碗湯的厚重沉穩，平實而且簡單。

據說，日本味噌可以追溯到上古繩紋陶時代，人類味覺的歷史韻味悠久，是生命的主軸，也是文明主軸。

我煮味噌湯，先燉湯，小魚乾，海帶，蘿蔔，松茸，燉熟了，最後，關火，在沸騰的湯裡慢慢攪散白味噌，湯水如雲，灑上柴魚屑、蔥花即可。

好的味噌湯，不濃烈，也不清淡，平實安靜，像小津安二郎的電影，《東京物語》，《晚春》，《早安》，每部都好，每次看，都還是熱淚盈眶。他的電影，尋常人家，總吃著秋刀魚、味噌湯。

許久沒有品嘗我喜愛的醃漬茗荷了。像嫩薑，如手指尖尖，胭脂紅，用鹽醋浸泡，早餐配飯，清爽乾淨，肉體和靈魂一起沉靜。

發酵的聲音

母親做很多醃漬食物，像泡菜，把高麗菜洗淨，擦乾，一片一片抹上炒過的花椒鹽，和切成條的紅白蘿蔔，黃瓜等菜蔬，放入一個深褐色的罈子裡。罈子口緣有槽，蓋緊了，槽裡一圈水，阻隔空氣和水，讓罈中的菜蔬靜靜發酵。母親的泡菜加高粱酒，發酵後氣味芳香爽脆。

發酵，是物質在時間裡醞釀變化。母親叮嚀不可以隨便掀開蓋子，要我學會把耳朵貼在瓷罈上，靜靜聽發酵的聲音。

「聽到嗎？」

我其實沒有聽到，但是很喜歡把臉貼在光滑冰涼的瓷罈表面，好像探聽胎兒脈動。

最喜歡的是貼近釀酒的酒甕，土甕灰棕色，有四、五十公分高，小口，用蠟把木塞封嚴。臉貼近時，感覺到陶土經過火燒過的質感。陶器製作，有一萬年歷史，懂得加水揉土，塑出容器，再放進窯裡，加上木柴，用烈火燒，這是人類認識土，認識水，認識木，認識火的過程。五行只差金的出現了，金屬要晚好幾千年。

臉貼在陶甕上，彷彿貼近一萬年的故事，母親說：「靜靜聽……」我似乎真的聽到了，穀類發酵的汩汩聲音，這聲音，人類也聽了一萬年嗎？

那一夜，覺得汩汩的聲音，從遠古傳來，像天上星辰流轉，帶著芳冽酒香，從陶甕裡滿溢而出。

不知道是誰動了封蠟，木塞被發酵醞釀的氣體衝開，清晨起來，原來不是夢，一屋子酒氣，陶甕四周流出紅紅的酒糟。

母親收拾乾淨，就用酒糟裹了魚、雞、豬肉，用蒸用炸，也燉湯，吃了幾天的酒糟料理。

所以，醃漬的食譜，用油鹽，用醋，用糖或蜜，用酒，也用豆醬，方式很多，初衷都是為了保存食物。

母親做過豆腐乳，不成功，她就放棄了。

我極愛豆腐乳，早餐配粥，沒有更好選項。台灣的豆腐乳，從宜蘭嘗到屏東，從新竹吃到池上，每一地的風味都不一樣，比日本味噌還要豐富多變化。

但是，最好的豆腐乳常常是非職業的家傳手工，量少，也不太上市場。像池上玉蟾園阿嬤的椒麻豆腐乳，每次去也只有幾罐，常常上面貼著紙條，註明要等六個月後才能開封品嘗。

我去巴黎過暑假，總帶著池上米和玉蟾園豆腐乳，早餐吃過，才有興致去羅浮宮看《蒙娜麗莎》。

味覺不圓滿，好像做其他事也都輕浮虛偽。

遺憾的是法國朋友很難體會，用筷子蘸一點，放入口中，齜牙咧嘴，好像吃到屎。

我很好奇，法國明明有臭到不行的Epoisses de Bourgogne，被形容如「久不洗澡的陰私氣味」，這樣的乳酪，嗜之若狂，獨不見容池上豆腐乳乎？

此臭非彼臭，可見臭有嚴重民族歧視。

愛把「平權」貼在額頭上的人，讓他們試一試Epoisses，或紹興的「三霉」、「三臭」，就知道他們給自己貼的標籤往往太過寬容。

紹興的「三霉」、「三臭」是名菜，我愛魯迅的文字，〈阿Q正傳〉、〈藥〉、〈狂人日記〉，都寫到一個民族的可恨可痛可悲哀處，啼笑皆非。紹興的朋友跟我說：「沒有通過『三霉』、『三臭』，你愛魯迅是假的。」

我真的沒通過，「三臭」裡的「臭蛋」，是死在殼裡的雛鴨屍體，嚥不下去。我嘔吐的時候，想到魯迅〈藥〉裡用新斬人頭的血蘸饅頭療治肺癆，吐到涕淚滂沱，果真，味覺比文學真實。

記得第一次吃Epoisses，也臭到難忍，很感謝當時法國老師說：「一個民族不夠老，不會懂吃臭。」

我沒有經歷過真正的貧窮，大饑荒，餓到要吃腐爛的屍體活下去，甚至，親人的屍體……我對味覺上的臭也只是文人的清高潔癖吧？

風和日麗的氣味

我在池上，住大埔村，是客家聚落，用日曬風乾食物也是他們的擅長。

冬天芥菜收成，一棵棵芥菜，像樹一樣，肥大茂盛。這麼多芥菜，吃不完，賣不完，剩的都曬在牆頭屋瓦上，做成酸菜。酸菜做火鍋配料，炒辣椒都好吃，可以保存比較久。

芥菜實在太多，做了酸菜，剩下的塞在甕裡瓶子裡，做成「福菜」，這是客家菜餚裡常常用到的。

福菜要塞得很緊實，不受潮，幾乎像真空，可以保存兩年不壞。

福菜做完，還有剩餘芥菜，就用鹽漬風乾，綁成一綑一綑，做成「梅乾菜」。

客家族群的儉省惜物如此。

我在縱谷富里吃到極好的梅干扣肉，「邊界花東」陳媽媽的「手路菜」，那梅乾菜就是主人自己製作的，一綑一綑，夠鹹夠乾，放多久，都不壞。

所以，有冰箱，可以存芥菜，沒有冰箱，芥菜就多出不同品類：酸菜、福菜、梅乾菜，其實都是「芥菜」。

還是要感謝有冰箱，可以保存新鮮芥菜，但是，繼續缺電，也不妨試試酸菜、福菜、梅干菜。

我很開心，住在大埔村，看家家戶戶日曬風乾食物。她們會按門鈴，借我的牆頭曬芥菜。我是邊間，院子的牆很長，一公尺半高，太適合曬菜了。畫畫累了，我就坐在院子，曬太陽，吹風，看牆頭陽光風裡的芥菜，歲月清平，莫不靜好。

在蘭嶼也到處看到部落裡懸掛著一串一串的飛魚，烈日炙曬，風吹，一日一日，就透出寶石的紅光。海洋的漁獲，用這樣自然的方法長存，供養人的生存。

新冠疫情期間，朋友送來一大罐醋浸泡的雲林莿桐蒜頭，囑咐每天早晚喝，去邪毒。醋漬也是傳統保存食物的方法。

坐在院子，吹著風，曬著太陽，忽然想到在陝北窮鄉，家徒四壁的人家，門口都掛著長串的大蒜，辣椒，玉米，高粱。金黃，豔紅，在風裡搖曳，在陽光下閃耀，他們的食物是這樣「風光」的，原來「風風光光」是說大自然裡的「好風」與「好陽光」。

菜市場的日常

市場像我最早的學校，
跟著母親，東看西看，很好玩，也學了很多。
那種學習，不是為了考試，沒有壓力，
也許才是真正的學習吧。

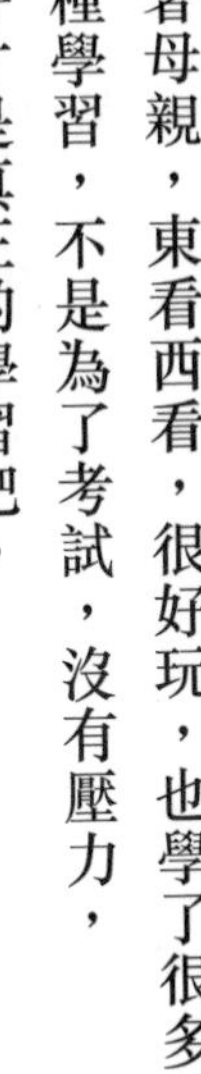

防空洞

小時候跟母親買菜，替她提著菜籃，在菜市場一家一家逛。這是日常生活，很平凡無奇，然而記憶深刻。

那是一九六〇年代前後，世界打過一次你死我活的戰爭，如果倖存活下來，就很珍惜平凡日常的生活。

日常，平凡，戰爭之後，是奢侈的幸福。倖存的男女，驚魂甫定，努力生孩子，像乾旱季節的植物，要用繁殖對抗毀滅。有一個世代叫「戰後嬰兒潮」，我有幸是這個世代之一，有幸至今沒有遇到戰爭。

小時候的台灣，還常常有空襲警報。半夜裡突然響起急促尖銳叫聲。父母親趕緊給孩子穿衣服，躲進防空洞。

原來社區有大防空洞，後來家家戶戶都有防空洞。按照戶口人數規定洞的大小。我們家後院防空洞可以容納八個人。

防空警報後來變成演習。知道是演習，就鬆懈很多。會慢吞吞爬起來，帶一些滷雞腿、滷蛋，一面嚼食，在防空洞裡摸黑聊天，等警報遲緩下來。解除警報像高潮過後的虛脫，奄奄一息，頑皮的孩子就學著那懶懶的聲音，再爬到床上睡覺。

防空洞後來廢棄了，變成小孩玩耍的地方。豪雨積水，鴨子游進去，生蛋，孵一窩小鴨子出來。

防空洞上長滿馬齒莧，好吃的野菜。母親又說了一次王寶釧吃了十八年野菜的故事。吃了十八年，馬齒莧也改名叫寶釧菜。

我最喜歡防空洞上野生的幾株山芙蓉，盛開的時候，一片胭脂紅，隨日光轉色，淺粉、淺絳、粉白，青春轉老，隨著戰爭漸漸遠去。太久沒有戰爭，大家過平常日子，好像理所當然。

可是，戰爭總像一頭陰鷙的獸，蹲伏在暗處，虎視眈眈，不知道什麼時候突然撲出來，又是一場鬼哭神號。

父母經歷過戰爭，知道什麼是死亡。生離死別，就是瞬間的事。他們因此慎重，不輕易說「死」，不輕易招惹「鬼」。

年輕嬰兒潮長大了，不信邪，愛看殭屍，愛扮鬼，愛把自己住的地方叫「鬼島」。鬼年鬼月，特別要去招惹，因為太久沒有戰爭了。

也許，人類對災難、死亡也有渴望。

母親經過保安宮，都要拜一拜。也叮嚀我要拜。她說保生大帝是醫生，救人無數，後來封「英惠侯」。「英惠」是母親讀書時的學名，婚後改了名，但她少年時的同學都還叫她「英惠」。她因此也覺得與大龍峒保安宮有緣，得神庇佑。

買菜

日常生活，最重要的是每天早上去市場買菜。

在菜市場逛一圈，買菜，同時也看各類攤販，和攤販一一聊天。魚蝦蚌殼牡蠣，在水盆裡吐著水泡。螃蟹用草繩紮著，四腳朝天，腳拚命蹬。母親有時翻開螃蟹腹部的蓋甲，看裡面的臍，或者母蟹湧出來的黃絳色的卵。

黃鱔也養在盆子裡，溜來溜去。像黃鱔一樣滑溜的是泥鰍，短一點，黑一點，帶著泥沼的腥氣。

大龍峒當時很多水田，水田裡黃鱔、泥鰍、蜆貝、青蛙都有。小學下了課，三三兩兩，在田裡找各種食物。好像也不當作食物，一半是好玩，抓黃鱔，不巧會抓到水蛇，要趕緊放手甩開。

我喜歡拔起初生的茭白筍，清潔瑩潤如月光，貼在臉頰上，有一池水的沁涼。

市場的青菜攤子有新鮮的植物的香。芫荽、薄荷、蔥、薑、茼蒿、山芹、九層塔，都好聞。我常常閉著眼睛，用鼻子嗅，想要把所有的氣味都記在肺腑裡，記得那植物來自土地和季節的飽滿生命力。

有時候是一顆剝開的新鮮橘子，辛洌的酸，刺激著味蕾，像盛夏被日光曬燙的土地，一陣暴雨，升騰起的氣味。新切開的鳳梨，一把利刃刺著牙齦，全身起雞皮疙瘩，刺激到鼻眼都是淚。

那是生猛的舊日市場才有的生命記憶。曾夢到舊市場，一顆漂亮豬頭，剛刮乾淨，懸吊在肉販頭上，笑吟吟的，像剛從美容院出來，自己也覺得像一個老闆，和氣生財，跟來往顧客打招呼。

市場像我最早的學校，跟著母親，東看西看，很好玩，也學了很多。那種學習，不是為了考試，沒有壓力，也許才是真正的學習吧。

家裡院子夠大，養了不少雞鴨鵝。也有菜圃，韭菜、番茄、豆角、絲瓜、辣椒，一叢一叢，日常需要的食材好像也都有。

但是每天都要去菜市場，像一種日常儀式，很平凡，很簡單，但要重複做，每一天做，儀式才夠慎重。

當時逛市場，都是買一家人當天要吃的菜。沒有冰箱的年代，買當天吃的菜。有了冰箱，還是買當天吃的。

現代都市經濟結構改變，父親母親，整天時間都給了職場，孩子自己吃，自己上學。父母都忙，不太可能每天買菜。

在週末的超市，星期六、星期天，會看到家庭推著推車，堆滿一個星期要吃的食物，才意識到有一個全職的母親，每天買新鮮的食材，每天烹飪不同的菜餚料理，是多麼奢侈的幸福。

現代超市，也和我童年的菜市場不同。聽不到雞鴨亂叫，野狗逡巡在肉販攤子旁，隨時準備叼一塊骨頭。魚在砧板上，頭剁下來了，努力張口，鼓動兩鰓，好像要努力找回突然斷裂失去的身體。

那市場，有生有死，充滿眾生的氣味。

肉販主人用一張姑婆芋的綠葉捲起彷彿想說什麼的豬舌，一整條豬舌。或用剪刀剪開盤纏不清的豬腸，那麼長，那麼柔腸寸斷。

母親回家，一面用鹽和麵粉清洗，拉起長長的腸子，一面和我說《界牌關》裡慘烈廝殺的「盤腸大戰」。羅通被殺，肚腹破了，腸子流出來，便把腸子盤在腰上，繼續廝殺。

母親把腸子洗得白淨如玉後，說起戰爭裡的大轟炸。一個人，剛說完話，被砲彈炸到，身體四分五裂，腸子都黏掛在樹上。說故事的時候無動於衷，好像只是惋惜，沒有時間把樹上黏掛的腸子好好洗乾淨。

以後遇到叫囂戰爭的人，我都知道，他們是沒有經歷過戰爭的。

是的，我應該感謝，我平凡的日常，如此奢侈。

可以跟母親逛菜市場，在水盆旁邊，用手指逗弄每一顆張口吐氣的蛤蜊。我的手指一碰，牠們就縮回去，緊緊閉著，躲在自己以為安全的殼裡。

當地當季

五行的料理，強調的是當地當季。食材的當地當季，是我的身體渴望與土地對話，渴望與季節對話。

住在縱谷的時候，總會用當季剛剛收割後新烘焙的池上米煮粥，每一粒米，彷彿都還記得季節時序。一粒米，記得晴雨，風露，寒暖，記得土地和季節的祝福，記得陽光熱烈，雨露滋潤，記得長風吹拂，記得嚴寒時的隱忍。

口裡品嘗新米的粥，像懂茶的人說春茶與冬茶的不同，像在說人世冷暖，六十石山的茶園，主人娓娓道來，烘焙的茶籠裡一陣一陣茶香，很清楚讓身體懂了這一方土地，也懂了這一季的寒暖。

春天觀音山的綠竹筍產季，附近農民一大早摸黑入竹林，太陽還沒露臉，在濕霧裡探索竹根下未出土的新筍，用手摸一摸，確定了，一鋤頭挖下去，一顆鮮嫩的幼筍。一擔一擔挑到河邊，正是早起的人開始散步。三三兩兩，一人買下一堆。太陽從大屯山透出彤雲，筍也已經賣完。農民挑著空擔子回山上了。

這樣的早市許多人碰不到，也很難體會土地和季節給了這些新筍多麼美好淡永的滋味。

農家的人會教你挑筍，沒出過土，筍尖很彎，顏色青淺，才無苦味。

有時候想起懷素的《苦筍帖》，十四個字：「苦筍及茗異常佳，乃可逕來。懷素上。」苦筍和茶太好了，趕快來。像一則簡訊，懷素告知「苦筍」的好，要朋友快來。這樣的平凡日常，已是博物館書法國寶（見左頁）。

我也想嘗嘗苦筍，刻意挑兩個，農民不解，也暗笑我外行吧。

回家，一堆筍，帶殼煮沸，關火燜，涼冷了就放冰箱冷藏。吃的時候剝殼，切塊，千萬別放美乃滋，自然有春天的鮮甜清爽，連苦味都好，體會唐代懷素這和尚的推薦，配一壺清茶，真的「異常佳」。

「異常佳」，常常也就是當地當季。最平凡，也是最奢侈的日常。

料理太違反日常，讓我遺憾，料理太扭曲平凡，我大多敬而遠之。偶爾吃一次，知道就好。

有點像看名牌時尚展，伸展台上爭奇鬥豔，看了也高興。但是，我心裡明白，穿那樣的衣服，那樣扭捏走在大街上，真可怕。

作怪，並不是日常。不平凡，不日常，也有人趨之若鶩，不必我湊熱

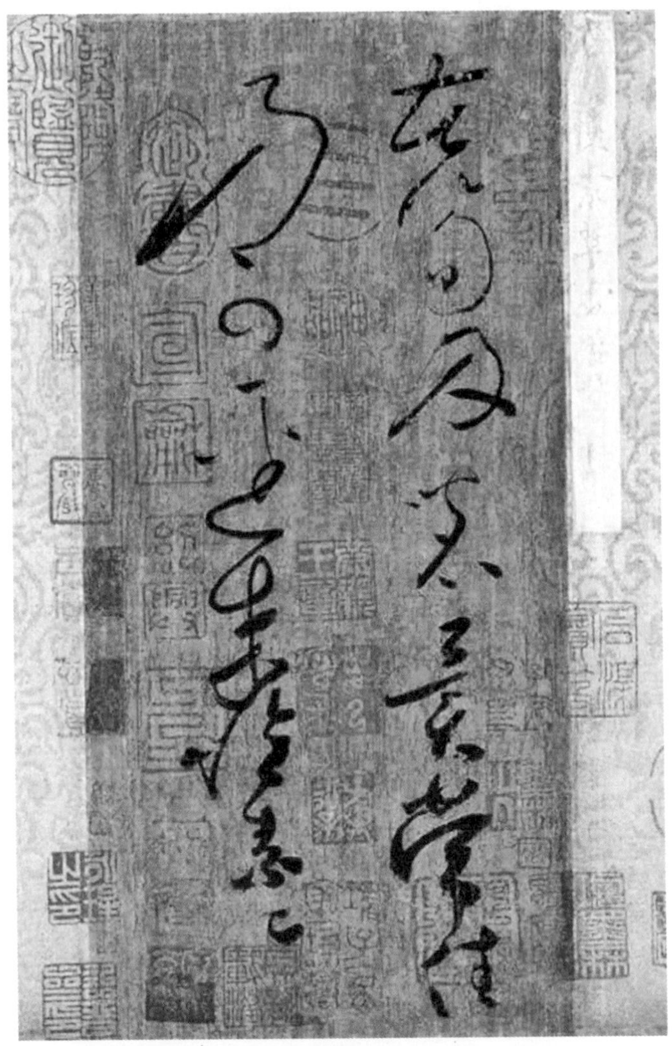

唐・懷素《苦筍帖》：「苦筍及茗異常佳，乃可逕來。懷素上。」
懷素告知苦筍和茶太好了，要朋友快來。

鬧。

大概深受母親影響，我敬重能把平凡日常做好的料理，平凡日常，也才是天長地久。

小時候跟母親在菜市場繞一圈，記得綠綠的青菜，一把一把，用草繩紮著，後來讀《詩經》，也總覺得那「采采卷耳，不盈頃筐」，我直覺是幫母親放進菜籃的包心菜。學者當然說不是，但是學者不上菜場，他們有考證，我的「卷耳」是生活的意象，美麗而且這麼鮮明。

很簡單的包心菜，母親常用油爆了花椒粒，再加辣椒和醋，醋溜的包心菜酸脆，帶一點麻辣，還是我平凡而日常的記憶。

家常的菜，可以常吃。特殊的料理，偶爾伸展台上看看就好。每一餐都要不平凡，會吃不消。

平凡而且日常的料理越來越少了。朋友請客，多是「創意」或「分子料理」，吃到有點怕。

但是也為難，不「創意」，不「分子」，繁華都市，爭奇鬥豔，很難賣高價。不賣高價，一個一個平凡日常的餐廳陸續關門。平價又花工夫，平凡、簡單，已經不合時宜。

以前中山堂對面小巷子裡的「隆記菜飯」，前兩年關了。他們的蔥㸆鯽魚我真想念，㸆菜也好，芋艿也好，烤麩也好，白玉酒蒸豬腳是一絕，大骨黃豆湯也是一絕，如此日常，卻都花工夫，有火候，不搞怪，不亂創意，平平穩穩，隨時去吃都好。

然而結束營業了。

有時候會算一算，這兩三年，光是台北，關了多少家這樣的餐廳？

懷舊其實沒有意義。我相信，這個時代，許多人的「平凡」、「日常」就是麥當勞或肯德基。「平凡」、「日常」不是不在，是改變了，更快速，更一致化，不強調慢工出細活，「慢」和「細」必須昂貴，必須「創意」，必須「分子」，一萬元起跳，一個人喔，所以與大眾的日常已無關係了。

蘋婆

正寫著平凡日常，收到一包嘉義山崎剛採收的蘋婆。

蘋婆是中央書局盛堯寄來的。四月初，我們合作「五行九宮蔬食」，我希望「五行」是流動的，不拘泥形式，「木火土金水」，顏色上是「青紅黃白黑」，五行粥的內容就隨當地當季兩個原則更替。

我在嘉義民雄一所大學校院看過成熟的蘋婆。掉了一地，外殼絳紅，殼爆開，內裡豔橘色，非常美。蘋婆果外皮深褐色，搓開外皮，果肉土黃，像栗子，烤熟以後，比栗子還香。

蘋婆顏色近土，溫暖厚重，畫的時候，用線條勾出鳳眼，用赭石加墨填色，五行屬土，我直覺是滋養脾胃的好食材。

我希望大暑前後，五行粥可以加入蘋婆，正是中南部台灣的當地當季食材。

感謝盛堯找到了，這是連雅堂《台灣通史》裡記錄過的植物，他用的字是「賓婆」。

賓婆、蘋婆是南部台灣地方語言「ping-pong」轉譯。古代漢字的蘋婆指的是蘋果，一種小蘋果，粉紅色，宋人黃筌畫過《蘋婆山鳥圖》，那幅冊頁就在台北故宮。此「蘋婆」，彼「蘋婆」，容易搞混。

南部夏日正是賓婆或蘋婆生產季節，可惜年輕一代多不認識了，在民雄的大學校園，只有我一個人，蹲在地上撿蘋婆果。

沒有日常生活，其實，很難真正愛一個地方。

立秋這日的早餐，我就試著烤了幾顆蘋婆，嘉義山崎產的。烤熟了，去除外皮，切成丁，灑在五行粥上，粥上添一道盛夏之香，慢慢品味，等待暑去秋來，歲月滋味雋永。

母親的大板刀

母親在廚房，有時候是杜麗娘，有時候是黃天霸。
我最喜歡看她拍蒜、拍薑、拍黃瓜，
三兩下，外面不見損傷，內裡已經軟爛……

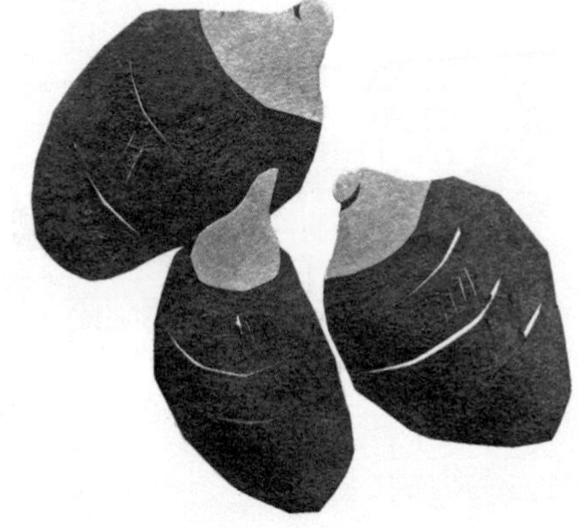

廚房

現代講究的廚房，總有各式各樣的廚具，千奇百怪，形式造型特殊，一件廚具拿在手上，有時候要猜很久，不知道做何用途。

洗碗機、烘乾機、烤箱、微波爐，冰箱，這是必備的，常常都按一定規格設計，隨著公寓住宅一起交屋，家家戶戶都一樣，成為一種廚房規格。

我也喜歡看乾淨不鏽鋼牆面，掛著一排一排大小不一的鍋，錚錚發亮，完全像藝術品。

「那才叫作『廚房』啊！」我也常常忍不住讚嘆。

最近參觀了一個朋友的新家，她喜愛義大利，著迷托斯卡尼，所以她一開始裝潢，拒絕建商制式的廚具，另外訂購，進口了整套翡冷翠的有名的Officine Gullo古典廚具。

住進去一年多，聽她誇耀了很多次，終於，她邀我去參觀。

「哇，真是好看。」

從抽油煙機的大罩頂到下面一一安置的各種爐具烤箱面板，都是清一色的粉藍系列。好像波提切利《維納斯的誕生》名作裡微波蕩漾的地中海。銀灰的襯板，懸吊著黃銅鍛敲的大大小小十幾個鍋子。

「太美了！」我真心感謝朋友帶我參觀這樣精緻的物件。

「可以用這些銅鍋燉南瓜濃湯？」

「這個淺平底，做鬆餅很棒欸……」

我說了很久，朋友好像沒有意思要開伙。

「我們出去吃吧！」

「啊，這麼棒的鍋鍋鏟鏟，真想動手自己弄一餐啊……」

她還是沒有反應，把爐台上原裝的謹慎護膜用白淨的細麻布擦了又擦。

「妳還沒用過？」

「沒有，捨不得。」

「嗯——」我看一眼這美如凡爾賽宮的廚房，可以了解把一個美女娶回家，不知如何開封的煩惱。

「今天狠心開幕吧——」我說：「不然妳永遠就這樣供在那裡。」

不等她回覆，我動手就拆封了。

她尖叫一聲，撕心裂肺，然後看著我手上撕破的封膜，無奈地說：「冰箱只有冷凍水餃。」

我咬咬牙，說：「好吧，就煮冷凍水餃。」

我想到母親常說的，廚房開伙，房子有人氣，才叫作「家」。家，漢字裡是屋頂下要有一頭豬。我小時候，大龍峒，家家戶戶都養豬。養豬，自然不會是凡爾賽宮。

凡爾賽宮其實也有過一個皇后，不想住宮殿，厭煩應酬禮儀拘束，在樹林裡另外住在小特里亞農宮（Petit Trianon），還是滿豪華，也好像有種菜的菜圃，不確定有沒有養豬。

冷凍水餃在黃銅鍋裡旋轉浮沉，還是像波提切利《維納斯的誕生》停在空中的花，一朵一朵，賞心悅目。我心裡想到小特里亞農宮，那個隱居田園的皇后最後還是在大革命中被送上了斷頭台。

我一面告訴這位朋友哪裡的冷凍水餃比較好，現擀麵皮，裡面的餡兒不會死鹹，用溫體豬肉，我說：「雖然是屍體，嚼起來不會太像屍體。」

我忽然想起母親的廚房。

「母親的廚房是多麼簡陋啊……」我心裡回憶著。

好像從凡爾賽宮忽然走進台灣一九六〇年代任何一個平常人家的廚房，土磚的大灶，黑鐵的大鍋，灶台上用切開的葫蘆瓜或瓠瓜做的舀水瓢。後來進步一點，有漏勺，用網狀的鐵線編成，也有竹編的，或者在一般鐵勺裡鑿了小圓孔，撈麵，燙米粉，涮青菜，撈水餃，都方便。

「想什麼？」朋友打斷我的回憶。

「我在想：媽媽的廚房。」

「啊……你也太落伍了吧……」

「我在想：媽媽手裡拿一把大板刀……」

「是嗎？你看——」

朋友忽然拉開凡爾賽宮一格粉藍色的抽屜，裡面平擺著大大小小各種不同形狀的廚具刀，將近二十把，每一把都美麗到像是沒有醒來以前睡美人的脖子。

「哇……」我大大讚嘆，一支一支拿起來，很想立刻在脖子上、手指上都試一試。

武俠小說裡有「魚腸劍」，或者，柔軟輕薄的緬刀。那種近似科幻的武器，可以柔軟到纏在腰間，抽出來，一道寒光，不見血痕，對方站著很久不動，倒下已經劈成兩半。

小時候在廟口看切甘蔗比賽，整條甘蔗，用刀背頂著，一聲吆喝，刀刃向下，直直把一根甘蔗劈成兩半，神乎其技。

童年的廟口其實是另一種凡爾賽宮，提供形形色色的人間故事，都像神話。

故事像神話，故事裡的人，其實不起眼，髒兮兮，流著鼻涕，打赤脯，大概錢不夠，刺青女人，只刺了半個乳房，半個乳房的女人在他胸脯詭異笑著。當他一刀劈下，那女人的半個乳房就隨胸肌跳動，甘蔗應聲而倒。男子還刀，甘蔗扛在肩上，揚長而去。

我盯著那把刀看，黑烏烏，沉甸甸，不像小說裡的「魚腸劍」，的確更接近媽媽廚房那把大板刀。

媽媽的那把大板刀，備有一塊磨刀石，沒事的時候，常常把刀放在石上磨，所以亮晃晃，跟劈甘蔗刀的烏黑不同。

我從凡爾賽宮拿起一把一把刀具欣賞，也一一問我的朋友：「這把做什麼？」

她大多搖搖頭說：「不知道欸——」

我想，刀具設計到十幾二十種類型，一定各有各的用途，有空應該拿出說明書好好研究一番。

光研究不夠，其實應該真正操作一次，可能才知道這樣多不同形式刀具的用途，可以用這樣美麗的刀具，做出多麼精巧的料理。

我跟朋友說：「妳應該多花一點時間在廚房裡。」

剛講完我就責備自己「強人所難」，因為我知道這位朋友一個星期的行程安排，二四晚上，她要跟健身教練上皮拉提斯，星期三五有國標舞課，星期六日有品酒讀書會……這僅僅是我知道的一部分。好吧，我看看凡爾賽宮，告訴自己凡爾賽宮本來就不是為平凡人設計的住處。

不住凡爾賽，不住小特里亞農宮，有誰能瞭解，平凡、簡單的生活，像母親一生，是多麼珍貴的福氣啊！

為什麼母親的廚房這麼簡單？為什麼我用的詞彙是「簡陋」？

是不是在凡爾賽宮面前，我們都失去了對自己平凡簡單生活的自信。

我們夢想著一種奢華，是有一個像凡爾賽宮一般富麗堂皇的廚房。一個抽屜拉開，有大大小小各式各樣不同的刀。然而，每一把刀，都不知道怎麼用，每一把刀，都沒時間用，每一把刀，都只有朋友來的時候展示一下。

回憶裡，母親打蛋，就用一雙筷子。鍋裡油慢慢熱，騰溢油香。蛋汁打出細細的泡，慢慢淋進熱鍋，慢慢膨起來，在鍋底攤成一個均勻的蛋餅（她叫「蛋皮」）。等涼冷了，蛋餅捲起來，用大板刀切細絲。母親包水餃，拌涼菜，都喜歡配些蛋絲，取其香潤。

買過打蛋器給母親，她玩了一次，說「不好用」，還是繼續用一雙筷子打蛋。

工具需要進步，商人不斷推新產品，可以賺消費者的錢。挖盡心思，推陳出新，最後廚房就像一座凡爾賽宮，富麗堂皇，但是，都不知道怎麼用。

母親的一雙筷子，用一輩子，可能阻礙了市場的生產消費，也阻礙了進步。

那支先進的電動打蛋器，真比不上一雙筷子嗎？這是我們已經不敢問的問題了。

小時候我愛吃芋頭，不是大的檳榔芋。檳榔芋我嫌口感粗。我特愛小小的芋艿，粉嫩粉嫩，綿密的香，母親的蔥燒芋艿只有一點蔥，一點油，純是芋頭幼嫩的甘甜滋味。

但是小芋頭去皮很麻煩，接觸皮膚會癢。母親說：「愛吃你自己刮皮。」

所以我常拿個小凳，坐在廚房一角，面前一盆芋艿。我用一支鐵調羹，路邊攤吃魚丸湯那種，因為薄，可以刮下皮來。以後試過各種新設計的刮皮器，也沒有那支鐵調羹好用。

刮久了，知道不沾水，皮膚不會癢。

廚房裡有很多學習，小小的芋頭握在掌心，有的比雞蛋還小，刮皮的力道，不能太重，也不能太輕，分寸拿捏，刮完一盆，看看自己的手，很有成就感。

住在凡爾賽宮裡，最大的遺憾是不用動手吧。不動手，怎麼知道自己存在的價值。

刀工

感謝母親的廚房，讓我體會到好多氣味，體會好多觸覺，體會好多溫度，體會文字語言形容不出的色彩和形狀。感謝母親那一把平凡簡單的大板刀，這麼單純，然而她用那把刀做出多麼千變萬化的菜餚。

回到家，想清除乾淨腦海裡對凡爾賽宮的奇幻嚮往的渣滓，我認真回憶起母親的廚房，特別是那一把大板刀。

華人的傳統的廚房，大概都有一把大板刀，沒有用過，很難知道它的妙用。

我常常在廚房看母親做菜，對這把鋼刀印象深刻。回憶裡，這把鋼刀，長方形，長度大約像手掌，寬度也有四指寬，拿在手裡有點沉。

這把刀，拿在母親手裡，卻很俐落。我喜歡看她用這把刀「片」豆乾。而「片」這個動詞，現在很少聽到了。

用手壓著大豆乾，從橫剖面下刀，把豆乾片成薄薄一片一片。左手壓著的力度，配合著右手片進去的力量，恰到好處，才能片出極薄的豆乾片。一塊老豆乾，大概可以片成六、七片，薄得像紙。再一片一片疊起，切細絲。在旁邊看，覺得是精緻而且賞心悅目的手工。

後來看美術系學生練習白描，臨摹宋代李公麟的《五馬圖》，「鳳頭驄」馬鬃，細如髮絲，一條一條毛筆細線，有條不紊，我就想到母親用那把刀切豆乾絲。

呼吸不均勻，切不成細豆乾絲，呼吸不均勻，也畫不出李公麟。畫畫、做菜，都是要氣定神閒，看到畫得胡亂的臨摹稿，毛毛躁躁，我就想還是應該進廚房，從基本刀工開始。

現代廚房廚具其實有很容易刨絲或製作各種菜餚的方便刀具。

但是，手工乾絲不一樣，口感不一樣，入味也不一樣。

從小沒有吃過手工乾絲，無法分辨，就像機器麵條，和手工擀成麵條不同。吃不出來，也就很難知道李公麟《五馬圖》好在哪裡。

台北有兩家我佩服的手工，一是細切豆腐絲，手工細切，拌一點甘露醬油，美味無窮。

另一家日本料理小店，掬月亭，在新北投，主廚手工細切山藥麵，先片成薄如紙的透明薄片，再切細絲，細如髮絲，拌一點芥末、細蔥、柴魚醬油，滋味也是讓人難忘。菜單上沒有這道菜，平日閒暇，才有機會看主廚高先生手藝。

刀工是職人的基礎，在廚房打下手，要好幾年練刀工。有點像達文西，在老師工坊做學徒，洗筆開始，慢慢到打底，勾輪廓，上色。達文西三年後在老師的畫作旁一個角落畫了一名天使。現在大眾去翡冷翠，在那張畫前，就只看那小小一個角落。

你看那個角落，就知道這個人可以切出細如髮絲的山藥麵或豆腐絲。

那把大板刀神奇，可以片出豆乾細絲細線，像《牡丹亭》裡杜麗娘情慾纏綿時唱的「裊晴絲，吹來閒庭院，搖漾春如線……」

奇怪的是，這切出萬般柔情細線的大板刀，也可以忽然翻個面，氣壯山河，在砧板上拍薑拍蒜，大刀闊斧，像《三國演義》裡的青龍偃月刀，三通鼓聲，就要取敵人上將首級。

我母親一面做菜，一面跟我說《封神榜》、《三國演義》、《七俠五義》，都是手起刀落，沒有含糊，沒有拖泥帶水的扭扭捏捏。

拍薑拍蒜，刀起刀落，杜麗娘是不行的，還是要黃天霸。

母親在廚房，有時候是杜麗娘，有時候真是黃天霸。

我最喜歡看她拍蒜、拍薑、拍黃瓜，三兩下，外面不見損傷，內裡已經軟爛。我拍過一次，學母親架式，「黃天霸」，一刀拍下，滿地碎屑，薑蒜亂飛，趴在地上找，找了老半天才找全。

母親一旁大笑，教我說要用「內力」，不能硬拍。我又想到武俠小說，高手內功，一掌下去，毫髮無傷，裡面五臟六腑都打爛了。

後來慢慢體會，也能約略用內力拍蒜拍薑。薑蒜紋風不動，裡面汁液滲透，氣味嗆鼻。薑蒜不拍，純靠切，汁液不迸發，就是沒有這嗆鼻辛辣氣味。

母親常做麵食，包水餃、包子、做韭菜盒子，都要剁肉。絞肉機沒有出來之前，硬是一刀一刀在砧板上剁出細肉。有了絞肉機，起初偷懶，直接用絞肉。很快發現，絞肉和手工剁出來的肉餡兒，還是不一樣。

做獅子頭，剁肉更是基本功，在砧板上細切之後要「剁」，「剁」要利用刀的重量，有點像拍蒜，把肉內在的肌理重組。肉的肌理一次一次「剁」，翻來覆去，肉餡兒才能鬆。母親的獅子頭，加切碎的荸薺、豆腐，用蒸的，再下進湯鍋，浮在煮爛的白菜高湯中，細嫩入味，鬆軟，不油膩。這是功夫菜，刀工加火候，不急躁，不喧譁。餐廳很難這樣講究細節，我已經好久不在外面吃獅子頭了。

「剁」這個動詞，近來也少用了。肉餡兒不「剁」，乾絲不「片」，都是因為有了機器。凡爾賽宮，一直進步，人的手工越來越遲鈍。

我很讚嘆凡爾賽宮廚房各式各樣的刀具，但母親一把大板刀，好像做得到以一當十。太相信工具改良進步，是不是忽視了自己手的可能？

跟著母親在廚房，學到很多。沒有母親那樣的手工，但是，切一盤自己滷的牛腱，燉得很爛了，手握著，細切成片，筋肉肌理透明，擺盤時像一朵花，還是因為手工的學習。

母親的大板刀好用，我剛去巴黎，沒有帶這樣的刀，無法「片」豆乾，無法「剁」餡兒，切完菜，無法把刀橫過來當鏟子，才忽然發現那一把刀的「多功能」。

母親其實不那麼看重刀工。她常說「刀工」是基本功，在廚房打下手，就從刀工開始。她在料理上重視的是「火候」。她說「火候」需要時間，不能領悟時間，「火候」就拿捏不好。

「火候」其實已經不只是做菜了，文學藝術上，常常用到「火候」兩字，做人處事，也講「火候」，「火候」是分寸拿捏，不溫不火，不一次一次鍛鍊，很難「爐火純青」。

然而，我還是懷念母親的刀工，她在簡陋的廚房裡，用一把大板刀，完成各式各樣千變萬化的料理。

那個年代，講究圓，尤其過年，「圓」是「圓滿」，獅子頭圓，珍珠丸子圓，元宵圓，都合理，我看到她用大板刀蘿蔔切塊，再用小水果刀，削成圓球，就覺得這對「圓」的執著不可思議。

小水果刀也可以做黃瓜卷，把小黃瓜切成段，大約拇指長，把黃瓜段橫過來，用小刀從外皮旋進去，一面旋，一面轉，轉到中心內瓤，把瓤抽出來，用醋、醬油、糖、麻油浸泡，這是江浙涼拌黃瓜卷的做法，純靠手工，手不巧，一旋就斷。

因為常在廚房，等於幫母親打下手，我至今對準備料理很有興趣。偶爾也跟學生做菜，學生熱心，也要幫忙，我忙著煎魚，就指一指桌上蘿蔔，說：「替我切滾刀塊。」

我說完，發現學生手拿著刀，看著我，不知如何動手。我才醒悟，「滾刀塊」或「滾刀快」是母親和我在廚房做菜的語言。

母親一面滾蘿蔔，一面快切，蘿蔔每一塊大小一致，都是角錐菱形，受熱面均衡。這樣的大板刀切法，西洋刀做不來，這樣的快切，也有長時間累積的手工經驗，其實也就是青年一代從日本學來的「職人」一詞。「職人」，其實口說無憑，大概還是要在現場好好磨練。

這個當時愣在那裡的學生，學建築，他後來勤練「滾刀快」，告訴我：「對基本設計很有幫助。」

母親的大板刀後來換了一把。一九五八年，金門八二三砲戰，金門意外生產了「砲彈鋼刀」。

忘了是「金合利」或「金泰利」，因為八二三砲戰，意外發展了金門的「砲彈鋼刀產業」。有親友去金門，都會帶回來當禮物。一顆砲彈，製六十把大板刀，好像是戰爭悲劇意想不到的驚喜。

母親拿到禮物，若有所思，她是被戰爭嚇怕了，前半生都在逃戰亂，要護好六個孩子，總覺得戰爭可怕，隨時會把幸福摧毀，愛家的人，護好爐灶，最痛恨的是戰爭，最厭惡的是叫囂戰爭的人。

那把鋼刀她收在抽屜，始終沒拿出來用。

母親的家常菜

母親一面摘菜掐菜，一面和我娓娓道來的故事，《白蛇傳》、《封神演義》、《楊家將》，我都記得清楚，那是我最早的文學養分，母親卻不說「文學」，她說的是：做菜裡也處處是做人的本分。

拜拜辦桌

記憶裡，二十五歲以前，很少上餐廳。

可能當時大部分台灣人平日也不上館子吃飯。上館子，就是應酬；婚禮、八十大壽，才去餐廳擺酒席，宴請親朋好友。平常日子，都在家用餐。

家家戶戶按時在家用三餐。家裡的三餐，也都很簡單。人少，兩菜一湯，人多，四菜一湯。以蔬食為主，配米飯和麵食。

我記得小時候，豆腐很多，青菜很多。吃魚，也吃蜆仔。蜆仔是清水溝裡都有。民間說「摸蛤仔兼洗褲」，說的其實是蜆仔。我放學也拿籮筐去撈。回來砸碎餵鴨子。後來據說治肝，肝病流行，蜆仔貴了，水溝汙染，也不見這生物了。

蔬食不是吃素，與宗教無關。蔬菜、五穀、豆類，搭配一點肉絲肉丁、魚、貝。

像是麻婆豆腐、魚香茄子，肉末肉丁先爆炒一下，提味，也讓鍋裡有油。可是麻婆豆腐、魚香茄子，豆腐、茄子是主角，肉末是配料。這樣搭配的蔬食，多植物少動物，多素少葷，隱約著「平衡」的觀念，一直影響我對身體或生命的看法。

不排除葷菜，不排斥山珍海味，但是平常日子有平常日子的樸素淡遠，不能喧賓奪主。剁熊掌、拉出牛舌，割下猩猩厚唇，聽起來聳動。做成珍饈，要吃，也淺嘗即止，不想太耽溺。有過珍稀美味的驚嘆，還是要回來過安分的日子。每天驚嘆，每餐驚嘆，驚嘆也失去了意義。

母親掌廚的年代，台灣當時社會經濟，還是農業手工業時代，一般人的生活都簡樸。讀到杜甫詩中「朱門酒肉臭」，覺得很難想像。紅色豪門，酒肉多到臭爛。

在大龍峒，同安人的老社區，多是做小營生的商家，算是小康，沒有「酒肉臭」的豪奢，台灣不冷，也不至於「路有凍死骨」，很慶幸，平常歲月，因此也沒有很強的階級意識。

鄰居孩子滿月，都送來油飯。母親蒸包子，也多分享鄰居。

左鄰右舍過的都是一般平常生活，沒有太多羨慕，也沒有太多嫉妒。要吃大菜，也有節慶，節慶大多和廟宇供奉神明有關。

大龍峒多廟，我家前面就是保安宮，孔子廟也近。稍遠一點，走路五分鐘，往西北有覺修宮，往東有平光寺、臨濟寺。再遠一點，走路十多分鐘，靠近大稻埕，廟更多，有靈安社，霞海城隍廟。

儒釋道的廟都有，有廟就有祭祀。有祭祀就有吃有喝。

孔子廟是九月二十八的祭孔，政府首長都要來。祭典八佾舞，由我的母校大龍國小擔綱。我也參加過一次，剃光頭，穿長袍馬褂，手拿雉鳥羽毛，左搖右擺，其實不好看。空著肚子，等政府首長到，禮樂齊鳴，放鞭炮，體弱的同學已有人嘔吐昏倒。

我喜歡的祭典是民間的拜拜，很難歸類儒釋道，就是民間信仰，那是真真實實的大吃大喝。都不是豪奢的「朱門」，小門小戶，也大擺宴席，而且是流水席，認識不認識的人，都坐下來吃，主人都和顏悅色，一律歡迎。

一直到大學，我都愛跟同伴吃拜拜，從大龍峒吃到大稻埕，一路吃到萬華老艋舺龍山寺、清水祖師。台灣的殷實在民間，台灣的和氣在民間，台灣的寬厚在民間，台灣的包容也在民間。

從歐洲回來，在大學教書，台北已經變了，我還是喜歡帶學生去台南，參加王船祭。名目是田野調查，也免不了大吃大喝。那是一九八〇年代，台灣有了麥當勞，學生對鄉下辦桌的大吃大喝也還嘆為觀止。

傳統拜拜，豐富熱鬧，生命力十足，「辦桌」酒宴，還是我見過最貨真價實的料理，連廟口一頭頭口啣鳳梨的豬公都神氣活現，南面而王，一臉笑滋滋，絕不小家子氣，沒有哭喪著臉，沒有悲情委屈。

「拜拜」式微了，據說是「有違善良風俗」，明令勸導禁止。

「善良風俗」，只要政府一介入，大概都不「善良」了。一到選舉，人人都看得清楚，民風有多麼「不善良」。

我懷念民間拜拜，至少保安宮前歌仔戲就要連演幾個月。全台灣的好戲班連番上陣。到保生大帝生日，前後三日，廟前搭三個戲台，三台戲一起演。三個戲台，演同一齣戲，所以要各出新招，八仙過海，每個戲班都有絕活。台下叫好連連，商家貼出賞金，大紅布貼滿鈔票，直截了當，當場掛出，上寫「演出精采」，連祝賀的語言也不扭捏。

每年都等待那樣連台好戲的時刻，看完戲，就挨家挨戶去吃「拜拜」。吃拜拜，朋友的朋友說是一家棺材店，沒有地址，邀了一起去。找到一家店，棺材兩列靠牆站立，大廳擺了六、七桌。大家說：「就是這裡了。」主人也熱烈招呼，說是「阿全的朋友喔，坐坐」。坐下就吃，背後就靠著棺材。不一會兒，阿全出來，「哎呀，不是那個阿全」，朋友連說：「抱歉。」大家起身告辭，摸摸鼻子，主人還堅持留客，「自己人啦……」

我們一夥又沿街找另外一家棺材店，也是棺材兩列靠牆，讓活人有地方坐。這次，確定是真的「阿全」，坐下繼續吃。

好戲，要連台演，好菜，就流水席分享。因為神明生日過壽，才有好戲好菜，都是分享神明福分。天地神明是福分的根本，這是我青少年時代見證的台灣民俗。

現在棺材店少見了，「阿全」都老了吧！好像善良風俗也沒人提了。拜拜大餐，自然不能天天如此。拜拜結束，戲班劇團用小貨車裝運道具服裝，唱小旦的阿姨在貨車邊緣給孩子餵奶，一面解開衣襟，一面指揮裝運，從容篤定，很有穆桂英掛帥的英姿。

我最早認識「感傷」，便是在廟口戲台看散戲後種種，金盔銀甲刀劍戟矛，鑼鼓鐃鈸，一一收起，孩子奶罷大哭，小旦阿姨放下孩子，神明前合十敬拜，虔敬誠懇。貨車啟動，轟轟揚塵而去。看著貨車走遠，知道節慶結束了，很「感傷」。

節慶拜拜結束，熱鬧過後，還是回來安分吃每日母親料理的平常三餐。不只我家，當時料理三餐的，也多是家裡的母親。四十四崁，一條街，都是女人忙著一天三餐。買菜、洗菜、煮飯煮菜，在灶間忙一整天。

黃昏晚餐，大圓桌擺在廳堂，都是男人上桌，喝酒，也罵人。男人吃過一輪，婦人才帶著孩子上桌吃剩餚殘羹。吃完收拾碗盤，蹲在地上大盆邊洗碗盤筷子，再去大灶燒水，伺候男人洗腳睡覺。

醫生朋友閒聊告訴我，那時代男人口腔癌多，因為吃得太燙，「吃第二輪好一點。」他的發現，我沒有考證。

料理一家八口的三餐

母親要料理一家八口的三餐，必須常常變換花樣。同樣的麵食，有時是包子，有時是饅頭，有時候是餃子。麵條有粗有細，都是手工擀出來的，有嚼勁，口感跟機器麵條大不同。

母親也做貓耳朵，她的家鄉母語發音是「麻什」，應該是西北地區主食，不確定是哪兩個字。

做「麻什」的「動作」，母親發音是「ㄘˋ」。我也不確定漢字真正寫法。這個動作是用大拇指搓麵糰，一小團麵，用大拇指一搓，就捲成貓耳朵形狀，中空，煮八成熟，下在滾開的湯底，吸飽湯汁，比麵條更有滋味。

「ㄘˋ」麻什，純粹手工，常常是母親和麵揉麵，搓成條，再摘成小麵糰，我們兄弟姊妹就圍在旁邊一起「ㄘˋ」。如果是包餃子，也是母親擀皮，調好餡兒，大家一起包。像家庭手工業，一個人做不來，必須一起分擔。

在家裡用餐，一家人分擔，笑笑鬧鬧，也是一種親子關係。

麻什的湯底是用肉絲、番茄、金針、蛋皮絲、紅蘿蔔絲、青豆、冬菇、黑木耳、白菜絲熬成（有時也切成丁）。沒有昂貴食材，卻很濃郁。這湯底，是我今天的叫法，母親的家鄉話叫「哨子」。

母親大概戰亂一處一處跑，學各地料理，光是麵食有很多變化。有一種「旗花麵」，是擀好麵片後，用刀切成小塊菱形。我喜歡看母親用大刀切麵皮，疊好的麵皮，一層一層，大刀斜切縱切，一散開來，全是一片片整齊菱形，指頭大小，好像雕花也像剪紙。現在剪紙是藝術，以前家庭主婦一把剪刀，剪出千百種花樣。手工精巧，用來切出麵花，或做出剪紙，道理相同。

後來在陝北，看到窯洞裡老大娘，一把剪刀，一疊厚紙，絞出千百種花樣。一到新年，家家窗戶上都貼出美麗窗花，窗花都比LV設計還美。沒有藝術家，每一個女性都是剪紙職人，從少女剪到嫁人，做了母親，剪紙技術就用來料理一家人的麵食。母親的手，其實是傳承了這樣的手工記憶，上千年民間婦女的手工記憶。

她用這樣的手工料理一家八口的三餐，沒有讓我們覺得不去餐廳是遺憾。相反的，我慶幸自己二十五歲以前，餐餐都吃母親的料理，包括帶到學校的便當，打開來，同學都湊過來要交換吃。

沒有很豪華的廚房，沒有精緻名牌的廚具，鍋碗瓢盆，都樸實無華。

粗陶瓦缶，大鐵鍋鐵勺，木竹筷子，烏心石砧板，木製長短擀麵棍。最簡單平凡的金、木、水、火、土，卻料理出我記憶中最豐盛華美的滋味，甜、酸、鹹、辣、苦，我一樣一樣學習品嘗，是母親親手料理出的菜餚滋味，也是母親細心帶著我品嘗的人生滋味。

有時候會回憶，為什麼母親的料理讓我懷念？廚房這麼簡陋，食材多半不昂貴，母親的料理，很少碰稀有的山珍海味。

回憶起來，母親的料理中不曾有過魚翅、鮑魚、龍蝦這些名貴食材。

家裡豢養了不少雞、鴨、鵝，但是，也都用來下蛋，我們每天有蛋吃。不是逢年過節，平日很少看到葷食。我說的葷食是全雞、全鴨和大塊豬肉。蹄膀、雞鴨，那是過年除夕晚上的大菜。除夕前幾天清晨就被殺豬慘叫吵醒，有點恐怖，也有點興奮。自己家的雞鴨自己殺，父親動手，先拔去喉頭的毛，煮熱水，準備燙過後拔毛。我們圍觀，父親說手要放背後。好像是覺得有殺業，表示孩子沒動手，業障不上身。

節慶過年，吃平日吃不到的菜，所以特別歡欣快樂，有慶祝的意義，全雞全鴨全魚，先祭拜了祖先，謝天謝地，最後由家人享用，覺得是永世不忘的福分。

福分太多，福分太貪，就覺得糟蹋。「糟蹋」的意思是好東西不珍惜，所以，直到今天，偶然吃牛排、佛跳牆、魚翅、龍蝦，我還是欣喜雀躍。熊掌、猩唇，沒碰過，每次動物園看到猩猩厚唇翻捲，也確實會動念試一下那樣的靈活彈性，是真正的「名嘴」。

看到一盅佛跳牆，還是會驚叫：「哇，滿滿都是雞胇（睪丸）！」但是，滿滿一盅「睪丸」，連著吃三天，一定不舒服。「睪丸」還是兩顆就好。吃多了，還是噁心。不只是腸胃不舒服，也確實覺得對好東西抱歉，總是愧疚「糟蹋」了福分。

這是父母親給我的教育，或者說，那一個時代給我的教育。未必一定是偉大真理，但是讓我知福惜福，不隨便糟蹋東西。

下一代富有了，每天酒足飯飽，開老爸的藍寶堅尼，上街橫衝直撞，撞到人，逃之夭夭。好像是時代風尚，怎麼辦？

一代有一代的習慣。我的習慣不能改了，下一代的習慣也不會改，各自惜福，只祈禱「福分」不會糟蹋到精光，島嶼還是有福的島嶼。

緩慢生活

母親的菜為什麼好吃？為什麼讓我念念不忘？

有時候想不通，以為是自己的偏執。

有時候忽然好像想通了，因為母親生活在一個有許多時間的時代。有很多時間，慢慢生活，燃著紙，燃著木屑，慢慢從爐門吹氣。火旺了，才加上大枝的柴木，柴木火上來了，再加上煤炭。

現代瓦斯爐一打開就有火，大火、小火、中火，隨意調。真是方便，但是太方便就很難慢下來，一切都越來越快。

人類不會再回到用柴木燃火的時代，因此，我們也找不回緩慢、等待、耐心，對著爐門吹氣，看到空隙裡火苗攢動的經驗。印度古老的經文裡曾經譬喻火苗越分越多，無窮盡分下去，火苗本身沒有減少。

許多哲學是在長時間看著火的思維記憶裡產生，我當然希望打開就有火的瓦斯爐，一切都快速方便的時代，也一定會產生屬於它的哲學或信仰吧。

愛是可以一直分下去的，越分越多。美，也如此，可以越分享越多，不會減少。我想，福分也是如此，越分享越多。福分用盡，大多是霸占著，不與眾生分享，不知不覺，自己連原有的福分也消耗殆盡。

母親的時間很多，她的手可以在緩慢的時間裡做很多事。

疫情期間，斷絕很多活動，多出很多時間。多出的時間，整天讀書、抄經、畫畫，剛開始開心，真好，有這麼多時間畫畫看書。久了，也還是覺得少了什麼。

好像整天畫畫讀書這樣的福氣，也還是要適可而止。每天美術館、音樂會，確實有福，但是也想吃大餐，還是適可而止就好。回不到平凡生活，連藝術也會裝腔作勢起來。所以就把不去美術館的時間，用來細細看自己買回來的菜。疫情幫助我慢了下來，用每天看美術館、聽音樂會的時間，回來好好生活。

買回菜來，像母親當年，把菜一一擺在桌上。那時候一家八口，菜很多。現在常常一個人兩個人吃，希望菜的種類多一點，每種菜也就有兩把。

一把小芥菜，一顆白花椰菜，一顆奶油南瓜，一把我愛的芫荽，一顆番茄，幾條秋葵，檸檬可以調蜂蜜加紫蘇葉、薄荷做飲料，一顆番茄，在想要拿來做什麼。當季的柿子，只有日本和歌山柿子三分之一大，又小又便宜，新埔產的，毫不起眼，但是，當地當季，我很珍惜，飯後嘗一點，配清茶，恰到好處。

調養我身體的中醫師，跟我說：「要吃食物原型。」

「原型？」我不十分了解。

「當地當季，不過度料理。」

懂了，這樣好的水土，這樣好的四季，雨露風霜，美麗溫和的陽光，天地的福分都在眼前這些蔬食身上。

料理「恰到好處」就好，不要過度了，不要傷了天地福分。

「恰到好處」，就減少「糟蹋」的愧疚。

這樣的時間，緩慢悠長，可以和自己在一起，也不糟蹋時間。

時間很多，所以不太依賴複雜的廚具設備，手，就是最好的設備。

以前常聽長輩說，講究人家的菜是不用刀切的。

刀切，有鐵味兒，刀切，也很難像手摘得那麼細緻。

現代人很少有摘菜的經驗了，應該回憶一下母親摘菜、掐菜，她的動作，手指拿捏，我都記得，因為我就坐在旁邊。

她一面摘菜掐菜，一面和我娓娓道來的故事，《白蛇傳》、《封神演義》、《楊家將》，我都記得清楚，那是我最早的文學養分，母親卻不說「文學」，她說的是：做菜裡也處處是做人的本分。

摘菜與掐菜

我很懷念童年和母親相處的時間，
聽她說故事，看她洗菜、摘菜、掐菜，
很長時間整理一把青菜，因為需要很長的時間，
她就把故事說得很慢。

流離

大概是一九五一年年初，母親隻身帶著孩子，輾轉從馬祖來到台灣。來台灣後才為羈留軍職的父親申辦了入台證件。父親到台灣就申請從軍職退休，轉任到省政府糧食局。

父母那一代，一直在戰亂中，顛沛流離，從國與國間的戰爭，到黨與黨之間的戰爭，他們都遇到了。

他們有他們的無可奈何，從青年到中年，結婚、生子，努力不讓家庭被戰亂摧毀，他們有他們曾經有過的信仰和幻滅嗎？

我不曾問過他們，那樣荒謬的時代，那樣荒謬的人生，屠殺、逃亡，凌虐……看到戰爭裡存活的悲哀，每一個人用那樣卑微無奈的方式活著。每一個政府，每一個政黨，每一個「領袖」，都大聲疾呼「正義」。然而，卑微的人民，一點存活的尊嚴都沒有。遍地支離破碎的身體，到處支離破碎的家庭，他們還相信有活下去的意義嗎？

或者，他們辛苦到連思考「活下去」的時間都沒有，生活逼迫著，沒有時間喘息，沒有一點「意義」可言，這麼荒謬，然而，只有繼續活下去。

母親不太談生死，只有一次，單獨和我在一起，忽然說，基隆上岸，帶著五個孩子，住宿在旅館——她說：「當天晚上，如果沒有孩子，也許就從樓上跳下去了。」

她說的時候，沒有一點感傷，只是在說一件事實，好像是說另外一個人的現實。說完，她就去摘菜了，我坐在一旁幫忙摘。

青菜有市場買的，也有院子裡當季的收成。院子裡種的，有母親最愛的辣椒，有絲瓜、空心菜、韭菜、番茄、扁豆、絲瓜，還有意外自己長出來的寶釧菜。

整理青菜，常常是一個早上的時光。那是我和母親非常私密的時刻，摘著菜，掐著菜，她跟我說著她喜歡的故事。

空心菜

我好像說過這個故事了，但是，記憶這麼深，還想再說一次。

她摘著空心菜，空心菜的老菜管，摘下來，用辣椒快炒，加醋，油綠綠的，口裡留著酸辣味，口感很脆。

空心菜的嫩葉，洗淨後，用大蒜或南乳炒，成為另外一道菜，很香。

母親或許怕我煩，耐不住摘菜的單調無聊，她總用說故事讓我留在身邊。

她說：「『空心菜』是一個法術的咒語。」

一開頭她就讓我想聽下去，後來看《哈利波特》也有這種感覺。

然後她說妲己如何靠美色蠱惑君王，君王無道暴虐，嫌比干囉嗦，總是講不好聽的話。聽信了妲己讒言，君王殺了忠臣比干，還挖掉比干的心臟。

比干有法術，穿起衣服，騎馬出城，若無其事。妲己要破比干法術，就幻化成老太婆，在城門口賣菜。比干問：「賣什麼菜？」老太婆說：「空心菜！」比干法術就破了，從馬上摔下死了。

我一定說了很多次，因為總忘不掉。那也是我開始荒廢學業，想拜師學法術的青少年夢想之一。

她說完故事，桌上大把菜也摘好了。一邊菜管，一邊嫩葉，整齊乾淨。

我到今天吃空心菜，都想到母親說的這段故事。

她口才好，比我說的好聽。

這故事是《封神榜》裡的一段，她愛看演義小說，也愛看戲。她的故事多來自民間這些荒誕不經的傳說，沒有什麼邏輯，但是那荒誕，彷彿透露著她在戰爭政治裡，看透澈了人性可以多麼殘酷，鬥爭可以多麼沒有道理。挖了心臟，沒死，因為「空心菜」，死了。

我最早喜歡文學，少年時讀《簡愛》、《咆哮山莊》、《傲慢與偏見》，多是英國古堡裡養尊處優的紳士淑女，很浪漫，也唯美。從演義小說的「法術」神怪的嚮往，到了另一個境界，「文青」的境界吧，與母親說的故事不同了。

中學時，在學校編校刊，參加詩社，典型「文青」。同學間，「文青」寫信，文謅謅，常被母親看到，她大笑，用了一句奇怪評語「秀才趴在驢屁股上，連品帶聞」。

我聽了很生氣，覺得「文青」被褻瀆。她吐吐舌頭，知道「文青」生氣了，端著她的空心菜跑了。

「文青」很愛生氣，我讀《少年維特的煩惱》，她拿起來看，一臉不解，「少年如何可以『維持』煩惱」，把「維特」念成「維持」，「文青」又氣了一次。

讀演義小說，是不是比較不生氣，比干挖心，妲己賣菜，都像是無動於衷，像母親說著基隆上岸的那一個夜晚。

應該解釋一下，母親經歷戰亂，她十六歲，還是師範生的時候，戰爭爆發，學校停課，學生都編組參加戰爭，男生上前線，女生學簡單護理，就去抬傷兵。

傷兵多是十七、八歲青年，也有的更小。受了傷，退下來，學校操場改成臨時醫院。

「鬼哭神號」，母親形容那臨時野戰醫院的場面。

但是，太抽象了。她講給十六歲的我聽，戰後出生，在平安歲月長大，我不能理解「鬼哭神號」的真正意義。

《少年維特的煩惱》，講的不是這些事。

偶然她也說得具體一點，像是擔架上的傷兵，肚子炸破了，擔架上都是腸子，她要用手把腸子都塞進肚子去。

她十六歲，沒有看「少年維特」，她做的事，接近「封神演義」了。

以後她每次在盆子裡用麵粉和鹽洗豬腸，腸子滑來滑去，我都想到她說的擔架上的傷兵。

傷兵十七歲，糊里糊塗就上了戰場，糊里糊塗就炸破肚皮。傷兵央求母親寫家信。他唸：「母親大人，我很好，吃得飽，穿得暖，沒有戰爭……」

母親催他說「地址」，沒有聲音，人已經死了。

母親洗豬腸的時候，彷彿遺憾，沒有地址，那封寄不出去的信。

那是母親十六歲的故事，和我的十六歲，如此不一樣。

我相信將要十六歲的一代，一定也會和我的十六歲不一樣，會是什麼樣的十六歲呢？

母親喜歡吃苦瓜，夠苦的苦瓜，小小的，深綠，外皮一稜一稜的刺，她就留下種子，試著在院子種。

刨去了瓤，挖去籽，苦瓜加上黑臭豆豉，加上她自己栽培的朝天椒，黑紅綠，用熱油爆炒，苦、鹹、辣、臭，一屋子氣味，幾天不散。

我總覺得那道菜裡有「比干剖心」的痛與殘酷，又臭又苦的人生。

我認為她嗜苦嗜臭，簡直「怪癖」。她的解釋有趣，她說：「癖」就是有病。

後來讀到晚明人一句話：「人不可無癖，無癖則無情。」

果然，戰後安逸一代，酸甜苦辣鹹臭，只選擇吃甜，母親一吃苦瓜臭豆豉，我轉身就走。

我說了無情的話：「那是你們那一代的事，我這一代，不要吃苦，不要吃臭。」

我童年愛把白糖和豬油拌在稀飯裡吃，甜蜜蜜，油滋滋，真是幸福。十三歲，身體發育，從嗜甜食，轉變到愛酸。酸檸檬汁，在兩頰留著記憶，很「文青」的無端憂愁。

少年時代，討厭苦，討厭辣，討厭臭，就像討厭杜甫，不知道他為什麼寫「衣袖露兩肘，麻鞋見天子」，不知道他為什麼老愛說「兒女牽衣啼」。

杜甫經歷死亡三千五百萬人的安史之亂，他是擠在難民逃亡中的倖存者。他的「三吏」、「三別」，講官吏抓兵，一家三個男丁都抓了，前線戰死，最後來抓老翁。

我中年以後知道要向杜甫道歉，也應該向母親的時代道歉。

也許，應該向生命道歉，寫《五行九宮》的時候，我想「五味雜陳」是不夠的。除了童年的甜，少年的酸，生命裡是否包容苦，包容辛，包容臭？包容辣的叛逆，包容血汗的鹹？

在一生吃甜太多的安逸裡，我是不是應該重新敬重「辛」與「酸」，「辛」與「苦」，「臭」與「爛」，那一道苦臭的菜，母親愛吃的，現在竟然像是我非常私密的贖罪。

不只是摘，還有掐

應該解釋一下，為什麼一整天都在摘菜。

其實不只是摘，還有掐。

「掐」是用指甲試菜梗的軟硬，從根部掐上去，指甲覺得嫩，就停止掐。

我覺得這是觸覺的考驗，母親說故事時，眼睛沒有看，純憑指甲的感覺，把一堆青菜整理好。

現代人忙，沒有人摘菜掐菜，餐廳裡多是用刀切，切掉大段，剩下嫩葉來用。

最近在東部看到兩家餐廳用手工掐菜，一個是富岡漁港的特選餐廳，一個是池上的吉本肉圓。店家端上來一碟燙青菜，上面澆了肉燥。跟我說：「今天油菜剛摘出來——」

池上在秋收前後，田裡滿滿長起油菜。油菜花有漂亮的明黃色，很耀眼。我住在龍仔尾，鄰居常把油菜放在門口。當季的油菜，清甜香嫩，清油素炒，一點點鹽，是秋天最好的滋味。

但是油菜不耐放，台北辦油菜花節，早上摘的菜，下午送到台北，已經老了。台北人說「好吃」，農民一臉抱歉。

青菜都不耐放，只有在偏鄉，可以吃到鮮嫩現摘青菜，是莫大的福氣。

富岡特選餐廳，原來是做野菜起家，現在客人多點海鮮，但特選的野菜難得。有灰藋，龍葵，水菜，枸杞葉，龍鬚菜，山蘇，過貓，還有母親最愛吃的寶釧菜（豬母奶）。

野菜滿山遍野都是，但都要花時間手摘。野菜中雜草多，也要花時間慢慢挑。

龍葵，民間叫黑甜菜，又苦又甜，很貼近庶民的生活。餐廳裡不容易看到龍葵，摘的過程麻煩，要細心用指甲掐，把老梗都掐掉才好吃。給都市人一堆龍葵，大概都不知如何整理。

龍葵苦，芥菜也苦，深秋入冬，好吃的青菜，多帶苦。羽衣甘藍也帶苦，苦裡回甘，像最好的茶，只沉溺甜食，就錯過了這滋味。甜的味覺在舌尖，苦味在喉嚨口，也許是生命中年後才懂的味覺吧……

在特選餐廳，也吃到極好的水菜。水菜，也叫西洋菜，在法國叫cresson，到鄉下泉水邊摘，只摘嫩芽，拌在沙拉裡，也帶點苦，極好。水不清，長不出這種菜，自然是好東西。香港同學用廣東煲湯做法，選水菜的根莖老葉，跟排骨熬湯，菜熬得稀爛，湯頭卻香。因此，青菜有不同吃法。吉本肉圓把油菜梗一一手剝，撕去外皮，素炒菜心。

特選餐廳也用手撕去莧菜老梗，吃裡面青嫩菜心。菜心好吃，但要用手撕去外皮。

我在紹興吃過「三霉」、「三臭」，其中有「霉莧菜稈」，用粗老的莧菜稈醃漬發霉，一股地老天荒的臭。老莧菜稈和青嫩莧菜完全不同。地方文化，從食物入手，看到個性，很難比較好壞，一個地方有一個地方存活的方式吧……

紹興料理「三霉」、「三臭」，總讓我想到魯迅〈藥〉裡蘸人血饅頭治肺癆，要剛砍的人頭，剛噴出的熱血，才有效。

特選餐廳，吉本肉圓，偏鄉小店，不那麼只為盈利，還會摘菜掐菜，都是手工，都會人忙碌，很難懂這種手工的講究。而母親的青菜都是這樣摘出來的。

我和母親許多相處的時間都在摘菜掐菜過程中，也聽她說了許多荒謬好聽的故事。

記得摘四季豆，掐掉兩頭，順著邊，撕下豆莢邊刃的硬絲。芹菜要從下往上掐，摘斷，順勢撕去老的筋。豆苗、龍鬚菜都要兩頭摘，下端的老梗要掐去，上端攀藤的硬鬚也要掐掉。

這樣的手工，才有精緻料理。我們現在少的，往往不是珍貴食材，而是手工的耐心細心。手機的時代，一頭栽進自己虛擬的世界，講究的手工，已是天方夜譚。

女身

父親轉任公職後，在糧食局做督導，常常下鄉查糧米銷售。我們家分配到一戶宿舍，緊靠在四十四崁背後。早上去大龍國小上課，我都穿過保安宮，從廟宇後殿的神農殿開始，一一瀏覽。廟宇的雕花極細緻，剪黏和浮雕壁塑都好。最喜歡屋簷下交趾陶燒的彩色人偶，一個一個歷史演義故事，母親常常說給我聽。

我和國小同學，用芭樂樹的椏杈製作彈弓。每天上學經過保安宮，比賽打屋簷下的陶偶，今天打呂布，隔天打貂蟬。陶偶頭從高高屋簷下墜落。

屋簷高，陶偶小，不容易瞄準。打中一個，大家爭搶說「我打到的」。這些年講古蹟保護，同學會談往事，講起彈弓打交趾陶偶，每個人都說：「我都沒打到——」

歷史大抵如此，此一時，彼一時，都叫作「正義」。

保安宮正殿兩側和後方牆壁壁畫，有「木蘭從軍」，有徐庶母親用硯台打曹操，有呂布貂蟬，有過五關斬六將，都是保安宮野台戲的故事。很有趣，也都是母親熟悉的，她和我獨處的時間，就一一說給我聽。

保安宮的壁畫是潘麗水畫的，現在是國寶，小時候我們就坐在廊下，玩彈珠，看潘麗水和徒弟畫畫。

母親在戰亂裡，一路看了很多戲，從西北的秦腔，到河南梆子的豫劇，一直看到南方的評彈說書，到了台灣，又正好有機會看保安宮的野台戲。這些民間戲劇是她一路逃避戰亂最大的安慰力量吧。

她年少時就愛看演義小說，對民間流傳久遠的故事耳熟能詳。她自己融會貫通，把《白蛇傳》、《封神榜》、《三國演義》、《七俠五義》乃至於《楊家將》、《聊齋》的許多片段，編成口說版本，閒來無事，晚飯後，坐在門口乘涼，她就說給鄰居聽。附近鄰居小孩都愛聽，她也很有成就感。夏天乘涼，都在飯後說一段。而且見好就收，「且聽下回分解」。

文學戲劇原是茶餘飯後消遣，不會正經八百當正事。對於「少年維持煩惱」，她有偏見，我不辯駁。

但是，我很懷念童年和母親相處的時間，聽她說故事，看她洗菜、摘菜、掐菜，很長時間整理一把青菜，因為需要很長的時間，她就把故事說得很慢。《白蛇傳》從白蛇立下志願修行，每天對著日升月升吐納，有了天地精華，一寸一寸脫胎換骨，一次一次蛻去蛇皮，五百年，從一條蛇，變成美麗的女人白素貞。

「可惜，再修行五百年，她就可以修行成男身。但是，她等不及了……」這是母親的註解。

我們幼稚的時候，不太能理解為什麼「等不及了」。

母親彷彿替白素貞遺憾，也彷彿替自己遺憾，「再熬五百年，就可以修行成男身」。

我和母親一起摘菜掐菜，聽她說到「白素貞」，彷彿她一切的委屈都是因為她只修行成了「女身」。

「母親也覺得她一切的委屈都是因為她是女身嗎？」我偷偷這樣想。

「如果是男子，她會想過不一樣的生活嗎？」我在大把大把的青菜裡，看著母親特別安靜的臉，她，是否也有委屈呢？

小菜演義

母親掐菜的時候喜歡跟我說故事。
如果說「寶釧菜」，她就說一遍《武家坡》，
「她就靠吃這野菜活下來……」
母親的菜常常跟她相信的故事有關，
重複聽到母親的話，也像一部演義。

皮蛋豆腐

我喜歡看母親在窗邊迎著日光切皮蛋。

切皮蛋不用刀，皮蛋溏心，容易沾黏在刀上，不好洗，也破壞了皮蛋漂亮的造型。

母親切皮蛋用線。一根細絲線，一端用牙齒咬著，另一頭左手大拇指和食指拉著，線綳緊了，像一張弓的弦；右手托著剝好殼的皮蛋，在綳緊的絲線上一劃，轉一面，再一劃，柔軟渾圓皮蛋就輕易分成四份。

日光透過皮蛋，透明如琥珀，襯著內瓤的松綠，很像一枚有年歲沁紋的斑斕古玉。

後來有機會到聖彼得堡，看到窮奢極侈的皇宮，整座宮殿用琥珀裝飾。那座著名的琥珀宮，讓我想到母親掌中托著的那顆晶瑩透亮的皮蛋。

「奢侈」前面加了「窮」、「極」二字，原來的好，就反轉成「窮極無

我喜歡看母親在窗邊迎著日光用細絲線切開皮蛋。

聊」。

對掌上一顆皮蛋珍惜慎重，就是福氣。福氣毫不珍惜，貼了滿滿一座宮殿，也就糟蹋了福氣。

平日玩玩易卦，常常覺得也就是皮蛋與琥珀的道理，很簡單，但不容易做到。

母親切完皮蛋，把絲線洗乾淨，晾在窗邊把手上。紅的、綠的絲線，迎著日光，很美，下次切皮蛋還可以用。

皮蛋有時拌豆腐，是夏天常常有的小菜。拌一點鹽，一點麻油，撒上細蔥花，很清爽簡單。

傳統的皮蛋外面包敷混了穀糠的土，要先把外殼的土塊剝掉。現在的皮蛋做法改變，沒有土了，我也很久沒吃這道小菜。

我總記得這些日常的簡單小菜，覺得自己是不是害怕「窮奢極侈」，糟蹋了父母從小給我的福氣，對生活裡的平凡簡單特別敬重珍惜。

颱風菜

有時候忽然會想起大龍峒有一年淹大水，我不記得是哪一年，弟弟妹妹都記得，說是「一九六三年，葛樂禮颱風」。

我查了一下，果然是，不只大龍峒，整個大同區、三重、蘆洲、板橋，都陷在大水裡三天三夜。

那時候還沒有今天的環河道路，也沒有很高的河堤。我常常走到覺修宮附近玩，走到社子島附近，看基隆河和淡水河交匯的浩蕩寬闊，大浪澎湃，颱風豪雨的時候，當然河面更是壯觀。

葛樂禮颱風，我還在讀初中，九月初，九日到十一日，忽然豪雨傾盆而下。

母親記得黃河發大水的經驗，有點擔心。但是左鄰右舍同安人的老住戶都說「沒問題」，「好幾代住大龍峒，沒有淹水。」他們篤定地說：

「淹水怎麼會淹到『龍峒』？」

但是眼看著家裡水漫過腳踝，大家慌了，合力把電扇、音響、收音機都往桌上堆，再一會兒，水就淹到小腿肚了。

鄰居們開始疏散，當時都還是平房，只有斜對門一家黃姓人家，經營鐵工廠，新蓋了四層樓房。大家就開始往這棟高樓疏散。

水淹過腰了，父親先把弟弟妹妹送到黃家，再回來接我。母親把棉被枕頭都疊羅漢一樣堆放在高桌上，還是不想離開家，不多久，大水洶湧，連桌子都有點不穩。

我記得母親後來是消防隊派浮筏載出來的，她手裡還端了一鍋「颱風菜」。

颱風停電，風雨大，常會影響食物供應，因此家家戶戶都會先準備食物。母親會蒸包子、饅頭，也分送鄰居。她那天手上端的是一鍋鹹魚滷肉。

黃家的樓頂擠滿來避水災的鄰居，他們是鐵工廠，搬出大鍋，煮了一大鍋鹹粥。那是我們少年時颱風大水災的記憶，兒童玩成一堆，又打又鬧，好像露營，沒有大人們損失財物的煩惱。

損失當然很大，我看到的報導，那三天房屋倒塌了一萬三千多間，死亡人數也有兩、三百。

我們趁水退回家，父親率領一家大小在蕩漾的水潮裡清洗汙泥，長蛇、魚、蛙，在水裡亂竄。

電器用品都泡水，很長一段時間，修理電器的小店門口排著長長一列收音機、電唱機、電鍋、電扇，等待修理。

衣服、被子都泡水染色，許多人就熬煮染料，全部染成黑色。好一陣子，街上的人都穿黑色衣服。

記得水退之時，上游漂來了冬瓜，鄰居有神勇少年，穿美援麵粉袋內褲，屁股上有中華民國和美國國旗，他看到冬瓜水中漂浮，一頭就鑽進水裡，雙腳一夾，單手泅泳，就帶回一個碩大冬瓜。

大家鼓掌叫好，他來勁兒了，又看到遠遠有瓜漂來，縱身再入洪流。

濁流滾滾，水裡什麼都有，其實不容易分辨，有時他也會看錯，雙腳一夾，泗泳上岸，才發現夾的是一隻死豬，肚皮漲大，翻轉漂浮，遠看是像大號冬瓜。

母親用鹹魚乾燉煮五花肉，許多蔥蒜薑，去寒濕，也耐放，那個風雨交加的夜晚，擠在一堆閒聊的鄰居都讚美那一道「颱風菜」。

韭菜

小時候喜歡和母親逛菜市場，買回來大把大把青菜，一樣一樣放在桌上用手摘。母親坐一邊，我坐一邊。我學她摘菜，「四季豆要摘兩頭，順手撕下兩邊的老硬的筋。」她一一教我。「韭菜要用指甲掐，根部老的掐掉，再剝掉薄膜。」

家裡院子有種韭菜，細細長長的葉子，在春天有風的季節，母親要我拿一把剪刀剪韭菜。剪一把，風裡就都是韭菜的辛香。

「辛」是帶一點刺激的香，和「辣」不同。佛教忌「五辛」，蔥、蒜、韭菜，都屬「五辛」。「辛」是刺青用的針，點點細細的刺激，不到「痛」，彷彿是一種甦醒，觸覺、味覺、嗅覺上的醒覺。

我常迷戀「辛」，印度旅行，空氣裡有「辛」的誘惑，泰國、印尼也有「辛」。南國的「辛」和北方韓國、日本的「辛」也不同。南方的「辛」纏綿，北國的「辛」剛烈。庶民常說的「辛苦」、「辛辣」、「辛酸」都是很深的味覺體會。

我特別喜歡韭菜的「辛」，可能記憶裡一直有剪韭菜的氣味，後來讀到杜甫詩裡「夜雨剪春韭」的句子，覺得是難忘的畫面。

多年後，在法國鄉下牧場，聞到這種辛香，我大叫：「韭菜！」同行的朋友都不相信，我在草叢裡找，果然找到細細的韭菜嫩芽。給法國人看，說是echalotte，用作香料，echalotte，其實是紅蔥頭。我們摘的，不是紅蔥頭，確實是韭菜，（也有韭菜譯為ciboulette），我們摘了一大把，回家剁肉餡，攤蛋皮，包餃子。

一直到現在，昂貴餃子也吃過，還是懷念韭菜餡料，平實無奇，卻無可取代。氣味也許是最深處的鄉愁，這麼準確，會跟你一輩子，跟到天涯海角。

母親包餃子、包子、韭菜盒子，都要把韭菜切成丁，我就喜歡在旁邊聞那辛香的氣味。

韭菜好像是民間家常料理常用的食材，炒肉絲、炒魷魚、小卷都好。我也愛吃韭菜爆炒的蒼蠅頭。有豆豉的黑，加上熱油爆炒的韭菜丁和紅辣椒、蒜頭丁，紅紅綠綠黑黑白白，真像一群綠頭蒼蠅。這是小菜，配飯極好，現代都會人多不食飯，許多配飯的精緻料理也跟著沒落了。米其林三星料理放一撮蒼蠅頭，好像也不襯。

看起來不優雅的小菜，好吃的很多，現代人的擺盤多是視覺，拍完照，接下來既無味覺也無嗅覺。

新冠疫情確診的朋友告訴我失去味覺嗅覺好痛苦，我就想到鹹辣臭辛的蒼蠅頭。

這是小菜，不能當主食。

《紅樓夢》裡很多都是小菜，「胭脂鵝脯」是染成胭脂色的鵝胸肉，兩三片，配著綠粳米粥吃，不可能多。有一次朋友請吃「紅樓宴」，端出一整隻紅通通的全鵝，比感恩節火雞還大，嚇死人。

「胭脂鵝脯」有許多爭議，但是看一看《紅樓夢》第六十二回，用的是「一碟醃的胭脂鵝脯」，用「碟」盛裝，當然是小菜。

連「茄鯗」我都覺得是小菜，煨了雞湯的茄子，曬乾了，存在甕裡，吃的時候拿出一小碟，也才精緻。

《紅樓夢》第六十三回，丫頭們給寶玉偷偷過生日，大觀園私廚準備了吃食，讀一下這一段：「四十個碟子，皆是一色白彩定窯的，不過小茶碟大，裡面自是山南海北乾鮮水陸的酒饌果菜。」這樣四十碟下酒小菜，那是我最想知道內容的菜單，可惜作者一字不提。

武家坡與盜仙草

「芹菜，豆苗都要兩頭掐，芹菜粗的纖維要掐掉，豆苗前端的捲鬚太硬，也要掐掉。」

我每次見到這些菜，就會重複聽到母親的話，也像一部演義。

「掐」這個字現代人多不用了。我是跟母親掐菜，學會用指甲試探菜的老嫩，掐菜，也是懂自己手輕重的分寸。

母親掐菜的時候喜歡跟我說故事。如果說「寶釧菜」，她就說一遍《武家坡》，丞相三千金嫁了薛平貴，平貴去了西涼，王寶釧苦守寒窯十八年，等丈夫回來。「她就靠吃這野菜活下來……」母親的菜常常跟她相信的故事有關，掐菜，我順便就聽了很多故事。

偶然看到世界某處沒有燃煤、天然氣，冬天凍死多少人，或者森林大火，燒掉好幾個台北那麼大的雨林，或者，氣候變遷，旱澇災難陸續在各地出現，警覺到水火無情，警覺到林木破壞，土地流失，經濟崩壞。木火土金水，失去了秩序，五行失衡。然而身邊的人多半無感，只好照常享用一切水火木土金的便利，很阿Q地告訴自己，下一代自有下一代的福氣，不必過度擔心。

母親的料理，沒有先進的設備，傳統爐灶，柴火木炭，大鐵鍋，所有我今天有的先進廚具，她一樣都沒有，但是她的料理讓我懷念。我仔細想，她最優勢的是她有許多時間，她用很多時間小火煎一條魚，煎一板豆腐。豆腐小火煎得金黃，外酥內嫩，用來燴紅頭小菠菜，取個名字叫「金鑲白玉版，紅嘴綠鸚哥」，聽說乾隆也愛吃這道菜，青菜豆腐，也有慎重其事的尊貴。

她在吃麵條的時候總會再說一次《白蛇傳》裡的「盜仙草」。可憐白蛇，愛上一個軟塌塌帥哥，為了愛，無怨無悔，受盡一生痛苦侮辱折磨，也許，她真的應該「再修五百年，修成男身」。

「盜仙草」，故事本事：端午節，拗不過許仙勸酒，白蛇喝了雄黃酒，落入法海計謀，現了原形。一條大蛇盤在床上，許仙驚嚇而死。

白蛇因此上天界盜取仙草，要讓心愛的人起死回生。

母親一面擀麵條，一面說起看守仙草的仙鶴童子，「哈哈哈，好一頓麵條大餐——」，「仙鶴是要吃蛇的啊……」她慢條斯理說著，我急死了，「可憐的白蛇……」

《白蛇傳》這一段真讓人想哭，母親學仙鶴「呱呱」大叫，她說的時候，毫無憐憫，「仙鶴看到白蛇，開心極了，說：好一頓麵條大餐啊……」

母親的童話一點也不溫柔，血腥、殘忍、詭計都有，她麵條要下鍋了，我還是追著問：「仙鶴吃了白蛇？」

她當然不說了，囑咐我準備筷子，「吃麵條了……」

生活本質是平淡

五行，是木火土金水的相生與相剋，沒有絕對的好，沒有絕對的壞，「好」和「壞」都是主觀，「五行」是要學會在萬物中看待平衡的因果牽連。

一直沒有多談「九宮」，當時和中央書局主廚一起規畫「五行九宮蔬食」，我想「五行」最好不偏廢，金木水火土，各自有各自存在的特質，他們相生相剋，牽制平衡，秩序運行，才是天長地久。如同「風調雨順」，多了就淹水，少了就旱，偏激，極端，都是災難。

應該談一談「九宮」了。如果是在味覺系統排列九種不同滋味，不只是習慣的五味——「甜、酸、鹹、辣、苦」，還應該找回慢慢淡忘的「辛」，「辛」和「辣」不同在哪裡？日本、韓國還常用到「辛」，華人漢字的「辛」有嗅覺味覺的特殊意義嗎？「九宮」裡可以包容「臭」嗎？許多民族長久傳統的「臭」，是味覺，也是嗅覺，歐洲的乳酪、東方的臭豆腐、臭蛋，南洋的臭魚，「臭」有時竟是難忘的美味。

「甘」像是甜，又不完全是甜。「苦後回甘」，「甘」似乎比「甜」有更多回憶，餘音嫋嫋。

「淡」應該在「九宮」擺在哪一個位置？在酸甜苦辣鹹辛臭的重口味之後，在「甘」的回味之後，為什麼東方的「淡」竟然成為被推崇的美學？宋人推崇「平淡」二字，回到生活本質，「淡」像經歷過一切之後重新認識的平凡簡單，是音樂裡的「無聲」，也是繪畫裡的「留白」。

「淡」這麼靜定，這麼包容，這麼不喧譁，一口清泉好茶，南禪寺的「湯豆腐」，永觀堂鐘聲餘韻，看斷橋的殘雪，弘一臨走，信手紙上四個字「悲欣交集」，「悲欣」至極，原來可以這麼簡淡。

弘一大師臨終時寫的四個字：「悲欣交集」。「悲欣」至極，原來可以這麼簡淡。

韭花與水八仙

起初以為「水八仙」是全素，
其實是八種水生植物搭配不同材料組織的一整席的料理，
也有葷，但不喧賓奪主，還是有蔬食的本分。
這張菜單我留著，很珍惜，珍惜那一個「八仙」到齊的秋天，
珍惜江南上千年的庶民傳統沒有中斷。

韭花帖

秋天適合旅行，暑熱減緩，許多果實在秋天成熟，許多食物在秋天特別好，常常在秋天去香山，滿滿一山都是金黃熠燿的銀杏葉子，或者，在和歌山，滿山遍野的柿子，都讓人開心。

秋深的蟹，秋深的梨，秋深的藕、栗子、白果、菱角、紫蘇開花、一顆一顆柚子，都讓我懷念。

春天都是植物的香，是花的氣味，是嗅覺的季節。秋天各種食材都肥美，果實成熟，是味覺的季節。

五代時候，有人送楊凝式一把秋天的韭菜花，他寫答謝信函，成為著名的《韭花帖》。

《韭花帖》排在行書第五，第一名是王羲之《蘭亭序》，真跡已經不在。第二名顏真卿《祭姪文稿》，在台北故宮，悼念安史亂中遭殺害的姪子，血淚斑斑。

第三名的蘇軾《寒食帖》是詩稿，「空庖煮寒菜，破灶燒濕葦」，是寒食節吃冷菜的記憶，落魄貶謫文人的濕寒空冷荒涼全在筆墨中。

我特別喜歡第五名楊凝式的《韭花帖》，韭菜花又是從小母親常用的食材。她有時候叫韭薹，韭菜秋天開花，入秋後，抽出花穗，花落結薹。韭花、韭薹，炒魷魚絲、肉絲，也炒蛋，炒豆乾，都好吃。氣味比春天的韭菜嫩葉濃重，和辣椒、豆豉爆炒，恰好是楊凝式《韭花帖》裡說的「乃韭花逞味之始」。

我很驚訝這個綽號「楊瘋子」的詩人用「逞味」形容韭菜花。「逞」是「逞強」，「逞」有一種不知天高地厚的「霸氣」。「逞」是「任性」，是一種生命力的「野」。詩人用字準確，「逞」的氣味，正是韭花在秋天蕩漾瀰漫無所顧忌的快樂。

秋天，總要愛韭菜花，愛看因為韭菜花寫出的好字。

傳統裡的好文化，其實多是平常生活，不矯揉造作，就有品格。

晝寢乍興，輖饑正甚，忽蒙簡翰，猥賜盤飧。當一葉報秋之初，乃韭花逞味之始，助其肥羜，實謂珍羞。充腹之餘，銘肌載切，謹修狀陳謝伏維鑒察，謹狀。　七月十一日 狀

大白天睡覺，醒來肚子餓了。剛好收到一盤菜。秋天，正是韭菜花好吃的時候。佐配羊肉，真是珍饈。吃飽了，身心愉快，寫信謝謝。

不太確定，送來的「盤飧」，是韭菜花，還是韭菜花醬搭配的羊肉？「助其肥羜」，很可能是指羊肉配韭菜花醬。

現代法國料理吃羊排也佐配薄荷醬，台東小餐館是用韭菜醬搭配蔥油餅，都好。楊凝式說「助其肥羜」，「肥羜」是要韭花醬的辛香佐助，才能提味。

《韭花帖》有百姓日常生活的快樂，經歷亂世，五朝元老，看一個一個政權更替，朝代興亡，楊瘋子還保有庶民的平實天真。

我喜歡楊凝式《韭花帖》裡說的「乃韭花逞味之始」，詩人用字準確，「逞」的氣味，正是韭花在秋天蕩漾瀰漫無所顧忌的快樂。

他被盛讚為書法由唐入宋的關鍵，沒有正襟危坐的虛張聲勢，沒有文人的自戀自憐，寫日常生活小事，可以這樣平淡天真。

水八仙

看《韭花帖》，想起秋天在上海吃到的一席「水八仙」。

因為疫情，三年沒有去上海了。

以前每年都去上海，尤其在秋天，秋風颯颯，新華路上的梧桐開始落葉，喜歡踩著落葉一路走下去，覺得真的是秋天了。

上海很大，可以遊玩閒逛的地方很多。我每次去都不會忘了兩個地方，一個是位在陸家嘴繁華地帶的震旦美術館。一個就是在老巷弄舊洋樓一家私廚：小金處。

震旦美術館有一尊青州北齊時代的佛像，靜穆安詳，好像看過一千五百年的滄桑，眉眼間都是悲憫，嘴角微微淺笑，一切如夢幻泡影，所以心無罣礙。

小金處是私廚，沒有招牌，沒有任何餐廳標誌。走到巷弄口，竹影扶疏，穿過庭院，上木板樓梯，還是不知道「餐廳」在哪裡。

這樣不起眼的地方，如同平常人家，大概也只是有緣人，有機會在這裡吃一餐。

是的，我幾次去小金處，都不覺得是上館子，與其說小金處是「餐廳」，其實它更像是一個「家」。

真的是一個家，把自己的家讓出來招待客人，多麼溫暖，也多麼奢侈。

上了樓，右手邊是廚房，有烹煮食物的淡淡香氣飄來，想起小時候，最懷念一面做功課，一面聞到母親在廚房小火煎赤鯮，微微焦香，一陣一陣，那是我記憶裡「家」的氣味。

進了主屋，就一個統間，一邊大圓桌，可以坐十個人。另一邊幾張椅子小茶几，像一個簡單客廳。完全是一個平常百姓的家。

第一次來，一坐下來，就覺得像家，真不可思議。現代人的麻煩，連自己的家都不像家了，所以，我懷念小金處，坐在那裡就心安。

小金是男主人，在廚房忙。女主人小萍，圓圓的臉，和藹親切，第一次見面，也覺得像家人。

小金是蘇州人，從小跟外婆長大。跟外婆長大，大概吃到最道地的江南美食。因為是外婆，美食也是家常，又不會囂張做作。許多家庭的料理都是母親和外婆傳承，小金這個蘇州男子身上繼承了外婆的溫暖精緻的手工。

小金是攝影家，跟台灣許多攝影界、藝術界都熟。牆上懸掛的攝影作品古典溫潤，用黑白染色讓照片有濃郁的懷舊風格。

小萍很活潑，她說母親是卑南族，她後來在上海發展，認識小金，喜歡他的攝影，但更驚豔他一手好菜，常在家裡做菜招待朋友，名聲越來越大，最後就發展成私廚。

感謝小萍母系卑南的生命力，使攝影家也分享給我們私房菜的快樂。

這幾年「私廚」很夯，有時太過造作，裝潢、料理都炫耀，少了平常人家的平實。小金處是我看過最像「家」的私廚。空間擺設就是一個家，更難得的是每一道菜出來，都讓我覺得是在家裡用餐。

「舊時王謝堂前燕，飛入尋常百姓家」，這是唐詩詠嘆南朝士族的沒落，但是，我一直覺得：人世間最貴重的其實就是「尋常百姓」，好好過日子，把每一餐做好，「舊時王謝」那些貴族，政治鬥爭不斷，哪裡有這樣的福氣。

有母系卑南血統的小萍，富有生命力，小金有蘇杭男子的溫柔細緻，他們的搭配，讓我覺得「尋常百姓」真好，如果有下輩子，我也還是許願做「尋常百姓」。

小金廚房忙完，偶爾會出來打個招呼。話不多，看著大家讚美他的菜，很喜悅，卻木訥謙遜。

我欣賞著蘇杭的溫潤，也欣賞著島嶼卑南活潑生機勃勃的活力。

小萍母系卑南，但是父系是湖南，這是台灣東部常見的文化組合。我有許多朋友有這種文化融合的家庭，他們都特別優秀，有膽識，有活力，卻又包容，尊重各種不同的好。從文化的角度看，血統越複雜，越有創造力的豐富，單一太久，大概都會萎縮。

古埃及王室，為了保存血統純正，家族近親交配，最後一堆智障，終於亡國。

「純正」太偏激，對文化而言，常常是走向衰亡的開始。

所以每次去小金小萍的家，都覺得生機無限。高櫃子上一罐一罐，桂花釀、醃梅子、老蘿蔔乾、梅乾菜，我想許多是小萍的手藝，那是我在東部居民家裡常常看到的景象。

我記得一道「蘇州東山白切凍羊肉」，極好，可以把羊肉做到清爽如玉。小金說：「文革時候外婆還偷偷做這道菜。」

「尋常百姓」有時也碰到野蠻不講理的事，幸好傳統還是「偷偷」傳承下來。

一起去上海的朋友，記得小金處的幾道菜：「松子火腿」、「熗虎尾」、「蒜薹炒醬油肉」，還有襯著芋頭蒸的「南乳粉蒸肉」，也大多是尋常百姓家裡的菜。「糟豬腳」用黃酒糟，不用紅麴，酒香更濃郁。

我們都懷念一道「蒲菜鯽魚湯」，比平常喝的「蘿蔔絲鯽魚湯」清淡，卻韻味無窮。蒲菜，水生植物，《詩經》裡和筍並列，是香蒲春天嫩莖。蒲葉長老了，用來編籃筐，裝魚蟹蝦，江南一帶常見。

「槐花」可以入菜，小金處的「槐花雲吞」，吃過都難忘。

小萍在台灣東部長大，記得家鄉滿山遍野的野薑花，我佩服她，竟然在上海的都市頂樓種出薑花，用薑花加肉末調餡兒，塞在像油豆腐的油泡中，做了一道結合江南和卑南的「油泡塞肉」。

小萍教我桃膠湯的特殊做法，「白木耳、黑木耳、桃膠熬出湯底，加紅棗、枸杞、蔓越莓。」說到這裡，我也都懂，但是小萍的桃膠湯，依季節變化：「夏天冰鎮，加鳳梨。秋天改放梨。冬天是桂圓百合。」尋常百姓專心生活，所以跟著季節節氣調配食物，現代蔬食說的「當地當季」也就是知道身體和自然的對話，「自然」是土地，也是季節。

小萍的桃膠湯，可以加她調製的「玫瑰荔枝醬」，這是皐南小萍的底蘊，我因此想「小金處」可以更名為「小金小萍處」。

最後，要說一說，我最懷念的是有一年秋天吃到的一席「水八仙」。是難逢的機緣，秋天的一段時間，八種水中生長的植物到齊，才能做這一席秋意蕩漾的「水八仙」。

水裡的八種植物是：蓮藕、菱角、荸薺（小金叫「地栗」）、水芹、茨菰、茭白、蒓菜、雞頭米。

起初以為「水八仙」是全素，其實是這八種水生植物搭配不同材料組織的一整席的料理，也有葷，但不喧賓奪主，還是有蔬食的本分。

這張菜單我留著，很珍惜，珍惜那一個「八仙」到齊的秋天，珍惜江南上千年的庶民傳統沒有中斷。

我的童年住在兩條河之間，水生植物很多，常常下了課，在田裡拔茭白筍，就生吃，韻味無窮。菱角、蓮藕台灣都多，母親做菜喜歡加荸薺，粵語叫「馬蹄」，深栗色的外皮，裡面很清脆的瓤。母親做珍珠丸子、獅子頭，都加荸薺，讓肉餡鬆脆，多一層口感。

蒓菜台灣不多，總是在書裡讀到張翰做官，聽秋風起，想念南方故鄉蒓菜，就辭官回家吃「蒓菜鱸魚羹」。

那個故事成為經典，「蒓菜鱸魚羹」，民間小吃，救贖了一個差點被官場淹滅了性情的人。

我問了小金處，他們很願意分享，讓我公開那一個晚上「水八仙」宴席的菜單。

一　糖藕
二　毛豆炒菱角
三　蝦仁炒荸薺
四　水芹炒香干
五　茨菰紅燒肉
六　茭白炒鱔絲

七　蒓菜蛤蜊羹

八　桂花雞頭米甜湯

都不是什麼特別的大菜，有肉，有河鮮，但還是以素菜為主。這也是我「蔬食」的觀念，不刻意避葷，讓葷素自然搭配。

八種當季水生植物，做成八道菜餚的一席晚餐，彷彿真的是八仙水上凌波微步而來，全無心機，卻讓人無限珍惜，天意盎然。

想起「水八仙」，期待下一個秋天，再到小金處坐一坐。

庶民野菜

苦藤心幾乎在都市料理絕跡了。
用野地苦藤的心燉湯，剛入口，苦到要哭，全身發麻。
但是味覺隱藏的奇蹟多麼神妙，苦味之後，湯的滋味，竟然轉成甘甜。
一縷縷悠長餘韻，層次複雜，不同於糖的甜，是苦後回甘的豐富與平靜。

初識阿昌

我常去台東富岡漁港的「特選餐廳」，次數多了，就和老闆阿昌熟悉起來。

我其實不確定他是不是老闆，每次去，他總站在櫃檯後方，不斷接訂位電話。

電話拿起：「幾點？幾位？」一面用手快速筆記。

櫃檯好像不只一個電話，他身上還有手機，耳朵上還掛著跟廚房通話的對講機。

初去的時候，我喜歡坐在櫃檯看這個忙碌的男人。普通個子，頗壯碩，像一個充氣飽滿的氣球。有台東人都有的黝黑皮膚，圓圓的臉，耐心算帳，結款，找錢。

再忙，也不慌亂，也不會忘了問臨走的客人：「滿意嗎？」

大概從小跟著母親在市場兜轉，最早使我覺得親切的人，都是這樣的臉孔與身體，這樣和藹可親而且誠懇的性格。菜市場裡的攤販，也許是母親帶領我做的最早庶民的功課。

他們叫賣青菜，跟來來往往的人客打招呼問好，這麼忙碌，但是從不敷衍，每個走過的人，都像是親人。

他們剁著魚頭，從魚口裡掏出鰓和魚腸，動作俐落，如同莊子寫到的「庖丁」，大刀解牛，以刀的「無厚」進入牛的身體，在骨節筋脈糾纏裡找到「空間」。「以無厚入有間」，因此「游刃有餘」。莊子「庖丁解牛」的故事，在文人士大夫的潔癖裡是學不到的。

在生命深處「游刃有餘」的，多是底層庶民百姓，反倒是社會上層官僚富賈，侷促不安，悽悽惶惶，不知整天在爭奪什麼。

莊子大概最早看穿權貴者的虛妄偽裝，他把文惠君帶到屠宰場，文惠君愛好藝術，似乎剛從國家劇院出來，剛聽完咸池之樂，剛看完桑林之舞，讚嘆之餘，忽然看到「庖丁解牛」，他愣住了。庖丁在肢解牛，那聲音動作，卻更勝過「咸池樂」、「桑林舞」。

莊子的「庖丁解牛」，徹底擊垮藝術的虛偽。他重新在日復一日的職人勞動裡整理出生活的真實美學。

屠宰場美學，莊子留在人類的文明裡，像是戲謔，也像是神話，嘲笑著藝術的虛張聲勢。

母親帶我走過的菜市場，是我最早認識的眾生，是庶民百姓，也是那些開膛破肚的魚，瞪眼看自己千刀萬剮的鱗片。

笑吟吟掛在鐵鉤上的一個孤獨的豬頭，旁邊一排陳列著牠的肝，牠的肺，牠千迴百轉的腸子，還有剃了毛白白淨淨的一對姿態雅緻的豬腳。

童年時菜市場的那頭豬，茫然看著自己的五臟六腑四肢，使我一生迷惑，我在想，有一天，我也能這樣豁達，笑吟吟看著自己的五臟六腑和支離的四肢嗎？

肢解豬隻身體的屠夫，果然如莊子筆下的「庖丁」，忙亂裡從容不迫，揮汗如雨，下刀俐落無猶豫，卻笑臉迎人。我以後長大讀《莊子》，眼前就是菜市場裡鮮活的畫面，覺得莊子筆下讚美的「躊躇滿志」，說的是庶民百姓的認真生活，那種自信，其實和知識分子一點也沾不上邊。

我童年的記憶裡，都是那些人叫嚷的聲音，充滿笑，也充滿淚。生活艱難辛苦忙碌，卻又歡樂開心，善待眾生。那是母親帶我認識的眾生，民間底層，庶民百姓，無怨尤，無懈怠，日復一日工作，充滿活力。

我常常慶幸，有一個莊子，可以是一生最好的朋友哥兒們，跟我一起走過那笑淚的菜市場，懂得向眾生致敬。

我記得市場的百姓，記得廟口的百姓，走到世界任何角落，好像覺得親切的永遠是這些人，連看韓劇《我們的藍調時光》，看到影片裡那一群遠在濟州島的市場百姓，也剁著魚頭，也切著豬血腸，如此遙遠，卻也覺得親切，看了又看。

我初識阿昌，也覺得熟悉，我問他：「寶釧菜，馬齒莧，豬母奶，是同一種菜？」

「是啊！」他很篤定回答，翻出圖片給我看。

他的手機裡有許多野菜資料，是他十多年來做野菜功課的紀錄，有文字，有圖片，解說詳盡，提供很多可貴的經驗。

看到他拍攝的寶釧菜，我愣了一會兒，那是母親在防空洞上摘的野菜，我剛讀小學，戰爭剛過，不確定還會不會再發生。政府的國策是「反共抗俄」，每戶人家接受命令，都準備了防空洞，預防空襲。

戰爭久久沒有發生，然後防空洞上的覆土長滿了野草，長出蒲公英，酢漿草，山芙蓉，有一天，母親在草叢裡發現了寶釧菜。

兩國交戰，苦守寒窯十八年的相府千金王寶釧，一直等著丈夫回來，那十八年，她靠著挑野菜活下來，那野菜，就是「馬齒莧」，因為有營養，台灣民間叫「豬母奶」，母親喜歡叫作「寶釧菜」，因為有她在戰爭裡苦苦咬牙撐過來的記憶吧！「王寶釧」，那是母親最常說的故事，她也帶我看了好幾次的《武家坡》，要我知道，十八年，對一個女子的意義。

豬母奶，野菜十八年，把嬌滴滴相府千金變成了踏踏實實的庶民百姓。

母親在防空洞上找到寶釧菜，她很感慨，在水龍頭底下沖洗乾淨，摘掉粗根，挑去雜草，剔除腐敗的葉子，晾在竹編的籮筐裡，鋪平，拿在太陽下曬。

母親處理寶釧菜，像在回憶一個戰亂中落難在寒窯的女人，苦苦等候丈夫回來，戰爭結束，等候太平，等候把挑來的野菜一一鋪平，曬乾。

等候十八年，十八年，來來回回，反覆做的事，就是把野菜裡的雜草剔除乾淨，十八年，毫無動搖的苦守，微不足道的野菜有了非凡意義，所以那野菜也有了「寶釧」的名字。

阿昌說：「這野菜很好，Omaga-3很高。」我卻發呆了。

阿昌不知道我在想什麼。我陷在自己半世紀的回憶裡，半世紀，在台東富岡漁港，又與寶釧菜相遇。

「怎麼都市裡看不到寶釧菜了？」

「整理起來太麻煩吧？」

「你們怎麼料理？」

「加辣椒，用麻油炒。」

「喔！不是汆燙涼拌？」

「可以試試啊！」

我們就從寶釧菜開始熟悉了。

認識野菜

然而特選餐廳，目前掛在門口的蔬菜種類，我算了一下，有二十一種，其中有許多我陌生的野菜。

山蘇、龍鬚菜、水蓮、

水菜（西洋菜）、杏鮑菇、昭和草（山茼蒿）、

米菜（小葉灰藋）、野莧菜、米菜二、
地瓜葉、黑甜菜（龍葵）、寶釧（馬齒莧）、
紅刺蔥、山枸杞葉、山苦瓜、
絲瓜、雨來菇、過貓、
人蔘葉、涼筍、山柑仔。

這裡面有些是大家熟悉的，都市裡也買得到，當然新鮮度差很多。
像山蘇、山苦瓜，當季當地現摘，口感不一樣。油菜花有一定季節，放幾天，甚至只隔夜，失了地氣，吃起來疲疲乏乏，完全沒精神。
我常吃的是龍葵，枸杞葉，水菜，灰藋，人蔘葉。
但是也常缺貨，好些野菜，季節不對，也吃不到。
阿昌很注意挑菜，連筍都挑得好，蔬食要講究，往往要花更多心思。
阿昌說：「我們原來是做野菜起家的。」
他給我看了一個十年前的網頁，那時他已經很精心認識野菜，用圖片

解釋各種野菜的生態，也有幾張圖片說明，運用多少人力摘野菜，挑野菜，把草叢裡一堆一堆不起眼的小葉灰藋，整理成漂漂亮亮好吃美味又健康的菜餚。

從野菜專賣店，慢慢發展成以優質海鮮著名的餐廳，野菜被許多客人忽略了。

我很高興阿昌還保留著他十多年對野菜的情感。

最近去，我跟他說：「一直沒吃到紅刺蔥和山柑仔……」

他知道我來特選餐廳，不只是吃海鮮，更是對野菜情有獨鍾。

他有時會特意為我留一條漂亮的笛鯛，有長長像豎笛的硬嘴，可以鑽破海膽的殼，吸取美味內瓤。

笛鯛用細蔥絲清蒸，真是鮮美。我很感謝阿昌，但是還是要挑三樣野菜搭配，覺得錯過特選野菜，是莫大的遺憾。

後來我常上阿昌的野菜網頁，看他十多年間在大自然裡與野生植物的情感。

他也介紹過苦藤心。

苦藤心幾乎在都市料理絕跡了。我在池上一間原住民經營的小店吃過。用野地苦藤的心燉湯，剛入口，苦到要哭，全身發麻。但是味覺隱藏的奇蹟多麼神妙，苦味之後，湯的滋味，竟然轉成甘甜。一縷縷悠長餘韻，層次複雜，不同於糖的甜，是苦後回甘的豐富與平靜。

偶然電視上看到長達一年戰爭裡被蹂躪的眾生，我只想到苦藤心，祝禱他們有苦後回甘的一天。

苦後回甘，比喜極而泣更多一點平靜，因為大難過後，竟然走過廢墟，屍橫遍野，自己倖存了。

那間用苦藤心燉湯的小店，果然有部落原住民的隨興，十次去，八次都關門不營業，所以我也只嘗了一次，念念不忘。

東部原住民有許多長久與大自然相處積累的吃食文化，像小米粽外面包的假酸漿葉，連著小米糯糯的口感一起吃，風味獨特，而且剛好幫助消化，就不覺得脹氣。

走向植物性的平衡

這幾年，歐美好像開始反省他們傳統大肉的吃食文化。特別是美國，青年一代出現許多素食者，與瑜伽的身體訓練、東方信仰結合，成為文青時尚。時尚潮流，不知領悟多深，從好處想，的確是一種平衡，好像可以降低白人文化裡的霸氣與征服性。每次看到強國總統大吼大叫，惡形惡狀的自大，就覺得文青時尚形成，好像隱約是對上一代驕狂無知的反省。

蔬食是不是降低人的動物性慾望，我沒有研究，但是，在紐約一類的大都會，的確在白領階層看到蔬食似乎扮演了一座橋梁，使肉體轉換成心靈嚮往的一座橋梁，或真或假，構建著一種新的西方文明。

年輕一代的大學生會和我推薦羽衣甘藍，告訴我其中的花青素對身體的好處。「熱量四九，飽和脂肪〇．一，膽固醇〇，蛋白質四．三……」不難在北美大都會聽到文青一代這樣娓娓道來他們的蔬食信仰。

我不太用這樣量化的方式看蔬食文化，因為我這一代，在二戰後誕生，成長的食物記憶，本來就以蔬食為主，肉類一直是陪襯。

我相信食物是一個族群文化重要的基礎結構，東方長久與蔬食的關係，與西方的肉食的經驗，或許形成兩種截然不同的文化性格。

我有一位朋友非常堅信翡冷翠的崛起，打敗鄰邦錫耶納，是因為翡冷翠大量吃牛排。

她用這一觀點書寫文藝復興史。

所以，殖民主義時期，整個亞洲不堪一擊，也是因為長時間的蔬食嗎？

我不敢這樣下定論，歷史因素錯綜複雜，難以簡單定調。但是，動物與植物，在大自然中，是兩種不同的生存方式。如同遊牧狩獵文化，和農業的與植物長時間相處，似乎的確形成不同的生存性格。

「贏得了全世界，失去了自己，所為何來？」福音書的句子，好像說明了動物性極端發展，自然會走向植物性的平衡。

台灣原住民的紅藜成為時尚食品，美洲印地安的藜麥也成為文青蔬食的主食。

長時間與自然對話的族群，雖然不斷受霸權侵凌壓迫，然而，式微如此，他們對野地裡的物種，彷彿還有選擇的本能，有一天我們恍然大悟，原來他們看似最低卑的物質，野生野長，卻是上天賜予的最佳祝福。

後記

母親教我的事

雨水到驚蟄，癸卯年的春天遲緩蹣跚。像要暖了，卻夾著一波一波的寒流，乍暖還寒，氣溫驟降驟升，彷彿一日之間經歷夏冬。

樹梢頭剛冒出一點翠綠新芽，才探出頭，又被霎時間急速寒凍的冷風嚇到，像到了子宮口的胎兒，想出來，又努力想縮回去。春天還沒有來，噤默著，不敢聲張。

天氣冷，我在家裡，把母親數十年的家常菜回憶一遍。

平凡人家日常的三餐，其實很簡單，食材簡單，料理的方法也簡單，當地當季，不刁鑽，不古怪，傳承久遠，不自誇「創意」，卻也最值得回味。

我喜歡小津安二郎的電影《早安》、《晚春》、《秋刀魚之味》、《東京物語》……他電影裡的人物多是平凡百姓，平凡日常的生活。圍坐在小几旁，一家人安靜吃飯。那一尾秋刀魚，盛在長型粗陶的盤子裡，彷彿季節裡更換的秋風。「啊，秋風啊……」女主人似乎注意到庭院的樹叢秋風颯颯，無端感喟。

也許，小津的電影對白都像是自言自語。清晨在電車月台上相遇，微笑鞠躬說「早安」，晚上入睡前說「晚安」。日復一日，重複著，許多自言自語，不需要對話。

男主人打著領帶，準備出門。女主人從廚房出來問：「你叫我？」

男主人其實沒有叫人，他習慣自言自語。

女主人卻總是聽到聲音，總是圍著圍裙，立刻放下家事，走來問：「你叫我？」

長年生活在同一個屋簷下，人與人的親近體溫，其實與愛情都無關。慢慢會知道二戰過後，砲火硝煙沉澱，廢墟上倖存的人，喘一口氣，覺得「平靜」和「無事」真是幸福。小津的電影多麼珍惜平凡生活裡的「無事」。

「有事」都是悲劇，「無事」就是幸福。

玩政治的人總希望「有事」，「有事」就有玩錢玩權的籌碼。老百姓只盼望平安無事，好好過日子。

也許老夫婦十六歲的兒子已經死在中國戰場，和許多那一代的十六歲青年一樣，屍骨無存。

然而，戰爭畢竟結束了。回到平凡生活的老夫婦，不想回憶，還是把一條秋刀魚煎好，在月台上跟相遇的人說「早安」，「早安」這麼奢侈，因為都是戰爭砲火下倖存的人，月台上那一個早上陽光燦爛。

能夠依靠著，生活在同一個屋簷下，回應對方的自言自語，多麼奢侈。

戰爭後倖存的獨身父親和女兒，不捨分離，女兒婚事一拖再拖，但是，畢竟還是要出嫁了。那最後相處的夜晚，彼此都無眠。

清晨時是衛浴間折疊好的毛巾，牙缸裡的水，牙刷上的牙膏，女兒最後一次為老年父親做的清晨刷牙洗臉的家事。《晚春》那一幕靜靜掃過的分鏡：「毛巾」、「牙缸」、「牙刷」，最平凡不過的日常，沉默無語，只有經歷戰爭大難，知道多麼可貴。因為活著，還可以刷牙洗臉。

小津的電影彷彿過期了，許久沒有聽人談起。有時還會重新拿出《東京物語》，看明亮大方的原節子，明眸皓齒，說著人生的「幸福」，丈夫新婚後就死在戰場。婆婆不忍媳婦守寡，「這麼年輕善良……」婆婆欲言又止，然而原節子眼中含淚，說「幸福」。

我們也曾懷疑她說的「幸福」是什麼嗎？

從小津到侯孝賢，到是枝裕和，小小庶民百姓口中含淚說的「幸福」，是說給驕狂跋扈的統治者聽的嗎？

《悲情城市》這麼委婉，是含著淚告訴統治者「幸福」的真正意義，是辛樹芬在漫天芒花的山路上娓娓道出的「幸福」。

把《悲情城市》當成「政績」來宣傳的政客，真看懂了《悲情城市》嗎？

像這樣沉默無言的春天，驚蟄過後，還有一個閏二月，春天的寒涼會拖很久，有一個地區的戰爭拖了一整年，媒體上看到許多英雄，玩錢玩權，彼此爭鬥，像鬧劇、喜劇，然而我們看不到一年裡庶民百姓受苦的悲劇。如果戰爭蹂躪過了，那裡也會有一個電影導演，拍出一碗熱騰騰的使人落淚的「甜菜湯」的故事嗎？

安穩料理，踏實生活

春寒，我在家裡，看了是枝裕和的《舞伎家的料理人》。從經歷戰爭的小津，到戰後出生的侯孝賢，再到一九六二年出生的是枝裕和，有一個美麗安靜溫柔的傳承。

他們都很靜默，電影的節奏緩慢悠長，像一家人圍坐著吃家常便飯。只是是枝裕和有時讓我不忍，《小偷家族》講繁華大都會背後隱匿看不見的貧窮。怎麼可能？初看很訝異，東京有人是這樣過日子的嗎？

我們都是繁華都市的觀光客，匆匆讚嘆繁華，看不到絢麗繁華背後窮苦掙扎生存的人嗎？

《舞伎家的料理人》原來是漫畫，以料理為主；是枝裕和對比了舞台上的舞伎和料理人。

十六歲初長成的舞伎，美到驚人；然而同樣從偏鄉來的料理人，資質不能上舞台，卻帶觀眾進入踏實生活的市場。

我喜歡看少女揹著大帆布袋，一樣一樣採買食材，讓我回憶著童年幫母親提菜籃，遊走於市場攤販叫賣間鮮明的回憶。

是枝裕和讓我讚嘆完舞伎的美，之後，卻又讓我想好好實踐生活裡做好一餐料理的快樂，而那一餐，是讓很多舞伎一起吃，一起讚嘆的。

在舞台上被觀眾讚嘆的「舞伎」，圍坐在廚房邊，讚嘆著「料理人」的手藝。

舞台上的光鮮亮麗，一閃即逝，日常生活的料理，日復一日，能夠一樣引人讚嘆嗎？

藝術，沒有了生活日常的底蘊，會不會空泛古怪？想盡辦法刁鑽變化，卻離日常生活越來越遠？

還有多少踏實生活的人，在意媒體刻意渲染、市場刻意炒作的「藝術」？

我重複看「料理人」採購羅臼昆布，採購柴魚，跟市場攤販交談，為了做好一餐京都烏龍麵。

我的朋友也喜歡這一段，試著做了一次，成功了，鼓勵我也試試。朋友送來一盒漂亮的羅臼昆布，我加了柴魚熬湯底，小砂鍋坐在一圈藍色火焰裡，像一尊佛。細火慢燉一小時，像是要熬出整片清澈海洋的滋味，回憶那一片昆布在寧靜波流裡慢慢浮揚迴旋。

京都舞伎家的烏龍麵，是這樣慢工細活做出湯底，再搭配一點薑末，兩片豆皮，兩片汆燙過的大蒜苗，一綹一綹麵條，像舞伎十六歲美麗的鬢邊細髮，也蕩漾在湯汁中。

我覺得母親坐在旁邊，和我一起看這部影集。她也和我一起在市場選購昆布、柴魚，告訴我大蒜苗蒜白的部分要如何切，蒜葉青青，也有不同滋味。

豆皮先用文火㸆一下，會更香。母親用的字眼「㸆」、「燜」、「煨」、「餾」、「煸」，或者「燉」，都是火候，火候，讓平凡食材神奇，火候不到，神奇食材也平庸呆滯。

母親沒有看過小津，沒有看過侯孝賢，沒有看過是枝裕和，但是我還是覺得她就坐在我旁邊，看我把羅臼昆布一折為二，放進鍋裡，注入清水，放在小火瓦斯爐上，看鍋緣冒出熱氣，大概過半小時，再放柴魚入湯，要試好幾次的味道，朋友囑咐我：「不要讓柴魚味道搶過昆布。」是的，羅臼昆布是主體，很清淡，柴魚放早了，或放多了，都會搶了昆布的清淡。

如果「清淡」是主體，濃郁就要適當退到陪襯的位置。

像小津，像侯孝賢，要說戰爭過後無事的幸福，要說倖存者帶著淚的微笑，要說日常平凡百姓的安分無奈，電影就要克制「濃郁」、「激情」，不能拍出一個不倫不類的《搶救雷恩大兵》。

喜歡英雄主義的，不把他人的命當命，「搶救」其實是一個「噱頭」。真誠的創作者不會把人命當「噱頭」，寧可在許多哀痛裡克制著不哭，好好為倖存者做一餐許久沒有這麼安穩的料理。

所以，在母親忌日當天，我做了羅臼昆布烏龍麵。覺得是和母親一起完成的一餐，很快樂，把冒著熱氣的那一碗湯麵供在母親照片前面，很清淡平凡，但這是母親會喜歡的。

一家人圍坐著吃飯，就是幸福

母親在戰亂裡，帶著孩子，東逃西逃。大概是她十六歲吧，在西安讀師範學校，她是那個城市最早讀新式學校的女性。她喜歡看戲，喜歡看小說，很文青，也接觸了好萊塢的電影。

她也幻想過是舞台上閃爍的明星嗎？最後她只是在戰爭裡努力讓家人過好日子的平凡家庭主婦。

母親有過夢想，然而她的夢想憧憬全部消失了，日本侵華戰爭發生，「舞伎」炫耀奪目，「料理人」踏實生活。

學校的課程都停止了，青年學生，十六歲，或者上前線作戰，或者組成護理隊，負責抬傷兵，包紮傷口。十六歲，斜躺在草地上的少女，從此在戰爭裡顛沛流離。

她說，逃亡後方的人潮洶湧，火車要開了，她帶著兩個孩子，如何也擠不上車，最後只好把兩個孩子從窗戶扔進去。她心想，孩子到安全的地方就好。

可是車廂都是人，孩子扔在人頭上，又被從窗戶丟出來。

那是她一面摘著韭菜花，一面說的故事。很慶幸，我還沒有出生，那兩個孩子是我大哥大姊。

她後來看著一家人圍坐著吃晚餐，大概心裡百感交集吧。會不會像一個夢，她拿出藥膏，細細抹著煎魚熱油迸濺的燙傷。

她說，戰亂裡，都會寫一個紙條，父母的名字，地址，有時候附一錢黃金，放在孩子口袋，希望撿到孩子的好心人，能把孩子送回來。

那些悚然的故事，離散顛沛的人生，是她在一家人圍坐著吃飯時說的。

我因此懂了小津和侯孝賢的電影，為什麼總是一家人圍坐著吃飯。像一個慎重的儀式，還能圍坐著吃飯，戰後驚惶的百姓，知道要如何謝天地，謝眾生。

她到每一個地方，都學習做菜，把菜做好，供一家人吃飽，倖存一天，就感恩，多為家人做一頓飯，就是幸福。

驚蟄恰好是農曆十五，圓圓的月從河面升起。母親總是敬拜月圓，上元節，中元節，中秋節，都是月圓，家裡吃飯的桌子也是圓的。她大概在許多殘缺裡一直祝禱著一家人的圓滿或團圓吧。

她總是說著「節氣」，驚蟄過了，就要到穀雨……

節氣比歲月紀年還要重要，節氣像自己的身體，有小暑、大暑，有小寒、大寒，白露、霜降，都是自己身體的心事。她很少回憶哪一年做了什麼，她多說冬至了，便和鄰居太太們準備搬出石磨，湊集糯米，磨出米漿，裝在布袋裡，用石板壓著，沉甸甸的布袋，滲出水來。

這是她在同安人的社區大龍峒學做的湯圓、年糕，蒸年糕的時候，大火蒸籠，一條街都是香味。

那時候包粽子、磨米漿、搓湯圓、蒸年糕，都是在巷子口，幾家人一起，湊集食材，做好了各家分。

她依循自己的節氣曆書過日子，節氣裡五行流轉，要調節木火土金水的自然秩序。

風調雨順，是比「國泰民安」更重要的自然秩序。

她十六歲開始經歷了「國不泰」、「民不安」的大災難，然而她還是篤定相信只要「風調雨順」，只要自然秩序還在，人就可以好好活著、圍著一個圓桌，吃平凡的日常料理。

母親從做飯做菜教會了我尊重五行的平衡運轉，教會了我品味甜、酸、鹹、辣、苦、辛，甚至霉、臭、淡，各種滋味，我嘗試放在「九宮」裡，是我味覺的系譜，也是我敬重各式各樣人生的系譜。

母親帶我走過的市場，是我第一個庶民百姓的功課，她敬愛的庶民，無論在哪裡，都一樣依靠著，摘葉菜、磨米漿、蒸年糕，期盼風調雨順。戰爭過了，「死者長已矣」，倖存的人就好好跟日子說「早安」，重整廢墟，做一餐飯，一家人可以圍坐著，說著「幸福」。

【附錄】
母親的手

在捷運上，每一個人的手都在滑手機。
我的手，也很難逃脫這一個時代的宿命吧。
人類歷史的改變與手息息相關。
在動物的世界，不存在手的意義。
牛、馬、豬，四肢承重，四肢行走，四肢攀爬；前肢與後肢，功能略有不同，但是差別不大。
一半動物多用「爪」、「牙」，靈長類的猿猴，用後肢站立，前肢開始進化，有了「握」、「抓」、「摘」、「剝皮」、「拋擲」等等「手指」的分化功能。
大學時修「人類學」的課，讀了恩格斯一篇關於「手」的論述，闡釋人類文明與「手」的關聯。

他重要的論點是：「手」不是天生的，「手」是人類在勞動中不斷進化的過程。

所以，如果不繼續使用，手的能力就會退化嗎？

我想到猿猴的手，母猴懷抱幼仔的手，母猴在幼仔身上「摘除」蝨子的手指。蝨子很小，「摘除」的動作已經是手指尖端的拿捏了。

母親常常說「拿捏」，做菜的鹹淡甜酸，縫補衣服時的尺寸寬窄，醃漬蔬菜時的時間長短，乃至於做人處事，她都說「拿捏分寸」。

「拿」、「捏」都跟「手」有關。

她做菜的時候，抓鹽、加酒、放糖，也不用精密天秤量公克，而是用手「拿捏」，斟酌分量，恰到好處，常常讓我驚訝如此準確。

「拿捏」不是知識，更多的提醒是自己的體驗。

人類感官世界非常難傳達的是「觸覺」，一件物質在手中，「掂一掂輕重」，一件衣服在手中，感覺一下纖維的粗細，不同的質地，不同的溫度，絲綢的涼，皮毛的暖，棉布和麻，不用眼睛看，是可以用手指觸碰感覺得出來的。

我有一位多年在紡織業工作的朋友，退休了，她有時撫摸著我看不出分別的布料，說著「經紗」、「緯紗」、「四〇×四〇」，說著「六八×一二八密度」，沉湎在手指與織品神話般的回憶裡，使我想起母親編織、勾花、刺繡時的手指。

我們愛一件織品，可以不是因為昂貴品牌和價格，而是因為是母親的編織裁剪嗎？

童年的記憶，母親總是在縫縫補補，編織毛衣，勾花桌巾，繡枕頭套，她的手做了許多事，那樣靈巧纖細的手指，原來「織」、「細」都是在講織品最基本的線條。

後來讀到文學裡的「心思纖細」，想到的也是母親刺繡時的手。

如果沒有了手與絲線的記憶，「纖」和「細」還有真實文學存在的意義嗎？

〈遊子吟〉的「慈母手中線，遊子身上衣……」是童年就會吟唱的唐詩，不覺得陌生，因為那個時代，家家戶戶，孩子的衣服、襪子、圍巾、帽子，大概都是母親的手編織裁剪的。

「線」變成「衣」，是人類數千年的紡織記憶。

人類的手還能回到母親的時代嗎？

一直到上世紀的七〇年代，我走霧社廬山那一條山路，經過部落，還可以看到部落婦人砍伐苧麻，用石片碾壓，取出纖維，晾曬、染色，用非常簡單的織布機，紡織出一匹一匹色彩圖案質感都美麗的麻布，或做衣裳，或製布袋、頭巾。

我隨手買了一些，沒有特別覺得珍貴，出國時送給朋友，知道是手工織品，都嘖嘖讚美。

七〇年代末回台灣，工商業快速發展，再走霧社廬山，苧麻織品多機械化，用混紡尼龍材質，染色也粗糙。

我經歷了島嶼手工沒落的時代，惋惜的不只是部落織品、苧麻織品，真正懷念的是那一時代人類「手」的價值。

二十一世紀，捷運上，包括我自己的手，似乎都被手機綁架了。

有解脫的可能嗎？

我們還有機會認識自己「手」的存在價值嗎？

父親母親那一代，都是一生不斷用手勞作的人。一直到八十歲，他們的手，依然做很多事。即使有機械代替，他們還是習慣用手。偶爾放棄機械，拖地、洗衣、整理盤碗廚具，都用自己的手，有另一種證明自己能力的快樂。那一代的父母，八十歲，身體不顯衰老，頭腦記憶也很清楚。

書上常說「手腦並用」，手的退化，是不是也直接影響到腦的失智？

人類的手，從農業時代開始，做了性別的分化。「男耕」、「女織」，大概工業革命以前的一萬年左右，沿著幾條文明的大河，幼發拉底，底格里斯，尼羅河，黃河，長江，印度河，恆河，發展了最早的農業社群。男性發展了耕種土地的重勞動工作，手握鋤柄掘土，手握鐮刀，收割五穀，手把沉重的木犁，犁鋤可供播種的田畝。

男性發展了手臂肩膊的力量。

同一個時間，女性和纖維發展了手指獨特的文明記憶。纖維編織一定要靈巧纖細的手指動作。

那個發明蠶繭繅絲的偉大女性「嫘祖」，是在多久遠的年代，看著一隻蠶齧食桑葉，然後看著蠶吐出細絲，一根比自己身體長很多倍的細絲，把自己圍繞起來，像一件衣服，等待在裡面羽化。

紡織的歷史像一部神話，嫘祖學會了煮蠶繭，抽出一根細絲，織出美麗的絲綢。

未經染色的「絲」叫作「素」，在素絲上染色叫作「繪」，孔子說「繪事後素」，是從女性抽絲染色得到經驗。

這一部女性的紡織文明史記錄在《周禮．考工記》中。

絲是一部偉大的女性文明史，因為絲，從東方到西方，走出了一條數千年的絲路。

有一次在伊斯坦堡一間傳統的絲織地毯工坊參觀，一件精美的絲毯，花費無數工人無數的歲月。

手裡捧著一張精美到不可思議的絲質地毯，覺得是神話裡可以飛起來的那張地毯。工人從年輕編織到兩鬢斑白，他們圍坐在地毯前，說著魔毯飛起來的故事，彷彿安慰了自己耗盡的歲月和手工。

記得導覽的人突然談起六世紀一個中國公主，嫁去拜占庭帝國，臨行時擔心未來沒有絲織衣物，便把蠶繭藏在髮髻中帶去了遙遠的國度。

「很感謝這位公主，我們懂了養蠶繅絲。」

六世紀，是鮮卑的公主？北魏？西魏？或是北周？

我查證不出。卻無端想起她把蠶繭藏在髮髻出境的畫面，像今天把十二吋晶圓技術帶走的人，然而公主不是「商業間諜」，她單純只是害怕異域沒有絲織的衣服，然而那異域也正是她未來的故鄉啊！

小時候，長時間坐在母親對面，聽她講故事，講白蛇的故事，講牛郎織女的故事。她一面講故事，一面用三根長針編織毛衣。

我們家六個孩子，許多毛衣是母親編織的。

她總是有一團一團各種顏色的毛線，有時候我也陪她去沅陵街專門賣毛線的小鋪挑毛線。

她很細心地比較各種毛線的顏色差異，粗細質感，把兩條線擺在一起，比對端詳，讓我看，我看不出差別，她指著其中一條說：「這條的綠比較亮。」

她也比較一些歐美日本的服裝畫冊，記下圖案和配色的方式。

回家她就開始動手編織。

那些一團一團的毛線，在三根魔術一樣的長針間穿梭，經線、緯線，有時候她會停下來，算數一下針法，但大部分時間，她並沒有用眼睛看，而是專心和我描述銀河旁的織女，能夠紡織出多麼美麗的星辰一樣的一匹錦繡。

神話裡的織女，便是幾千年來農業社會女性的偶像吧。她們總是在七月七日的夜晚，焚香祝禱，祈求天上織女也賜給她們一雙巧手。那個節日，也就是對所有女性有特別意義的「乞巧節」。

現代的農曆七月七日是情人節，偏重在牛郎織女一年一度的鵲橋相會，商人藉此可以大賣商品。

然而母親說的牛郎織女，是因為他們戀愛昏頭，忘了「男耕」、「女織」的工作，荒廢了手的勞動，所以被罰隔離兩岸，一年只允許見一次面。

母親故事講完，毛衣已經編織一大片紋理秩序井然的前襟。

我記得那是一件新綠色的高領毛衣，像春天新抽出的柳葉的翠。我國小二三年級，不穿制服的時候，就穿著那件毛衣在校園走來走去，聽同學讚嘆。

在巴黎讀書的時候，常常瀏覽昂貴的名牌服飾店，看來看去，還是懷念母親手織的毛衣。天地寒涼的季節，特別懷念那樣貼身緊緊護著脖子的高領，那樣溫暖，沒有任何名牌可以取代。

毛衣穿了一兩年，母親會重新拆解開來。她說毛線久了，不夠鬆。拆開來，重新洗過，曬在竹竿上，一條一條，映著日光，也像新發的柳葉嫩綠枝莖。

她用手把晾曬好的毛線收好，要我端把小矮凳，坐在她對面。我舉起雙手，她把毛線繞在我的手臂上，然後開始纏成線團。

小時候，常常被母親的毛線套住，幾個小時，看她織毛衣，聽她講故事。

纏線團的時候，她講《白蛇傳》，講一條蛇，努力修行，變成美麗的女人。

我總覺得有一條細線，連接著母親和我。線的一端是母親的手，另一端是我的身體，像一條沒有剪斷的臍帶。

我們家六個小孩，三男三女，需要很多時間縫補編織，母親編織毛衣的技術好像也越來越好。

她定期在沅陵街買毛線，回家依據國外雜誌的圖案，設計不同款式的毛衣。有時候長袖，有時候是背心，有時候開襟，有時候是套頭尖領。

開襟的毛衣，也在沅陵街挑扣子，貝殼磨的、木質的、皮革的，她都一一比對，名牌服飾大概不可能這樣精心量身訂做，適合每一個孩子的身材個性。

毛線繃在我手臂上，母親拉出一條線，纏成圓團。我感覺著母親拉動毛線的力度，不緩不急，和她說故事的節奏相似。

她把纏好的毛線團按照顏色分類，開始用三根長針織新的圖案。我的新綠色高領毛衣，胸前有明黃色的橫格。穿到學校，同學以為是新毛衣，都來打三下。然而我很難解釋「毛線是舊的」，多了姊姊舊毛衣拆下的黃毛線。我的高領綠色移去織了弟弟的另一件背心。

手工的樂趣是可以不斷創造，手工年代的母親，剪裁衣服，煮飯做菜，或許也不覺得勞苦，因為是做給自己孩子吃穿，編織的時候也會想到銀河邊的織女，因為荒怠工作被懲罰，和親愛的人分離，才是最大的懲罰吧。

母親也喜歡刺繡，她刺繡很專心，一片葉子，一片花瓣，要比對很久不同的綠和紅。

她在緞面上精心的刺繡給我們做枕頭套，留在手邊的是在粗布上的繡稿。

一針一線，勞動裡，幾千年的女性這樣造就了一部文明史。

「乞巧節」的夜晚，母親對著銀河祝禱，唸給我聽的唐詩是：

銀燭秋光冷畫屏，
輕羅小扇撲流螢。
天階夜色涼如水，
臥看牽牛織女星。

我朦朧睡去，覺得暗夜裡那一片璀璨的銀河是母親的手織出的錦繡。

二〇二三年　清明

作家作品集 106

五行九宮：母親的料理時代

作　　者—蔣勳
照片攝影和提供—蔣勳、張登昌（第十四頁）、金弘建（第十八頁）
特約專案總編輯—曾文娟
文藝線主編—何秉修
校　　對—曾文娟、胡金倫、何秉修
責任企畫—陳玉笈
封面暨內頁設計—林秦華
內頁排版—立全電腦印前排版有限公司

總 編 輯—胡金倫
董 事 長—趙政岷
出 版 者—時報文化出版企業股份有限公司
一〇八〇一九台北市和平西路三段二四〇號七樓
發行專線—（〇二）二三〇六六八四二
讀者服務專線—〇八〇〇二三一七〇五
（〇二）二三〇四七一〇三
讀者服務傳真—（〇二）二三〇四六八五八
郵撥—一九三四四七二四時報文化出版公司
信箱—一〇八九九臺北華江橋郵局第九九信箱

時報悅讀網—www.readingtimes.com.tw
時報文藝／Literature & art臉書—https://www.facebook.com/readingtimesLiterature
法律顧問—理律法律事務所　陳長文律師、李念祖律師
印　　刷—勁達印刷有限公司
初版一刷—二〇二三年五月五日
定　　價—新台幣四二〇元
（缺頁或破損的書，請寄回更換）

時報文化出版公司成立於一九七五年，
一九九九年股票上櫃公開發行，二〇〇八年脫離中時集團非屬旺中，
以「尊重智慧與創意的文化事業」為信念。

五行九宮：母親的料理時代 / 蔣勳作. -- 初版. -- 臺北市：時報文化出版企業股份有限公司, 2023.05
228面；14.8×21公分. -- (作家作品集；106)

ISBN 978-626-353-701-9(平裝)

863.55　　112004531

ISBN 978-626-353-701-9
Printed in Taiwan